張曼娟

時間的旅人

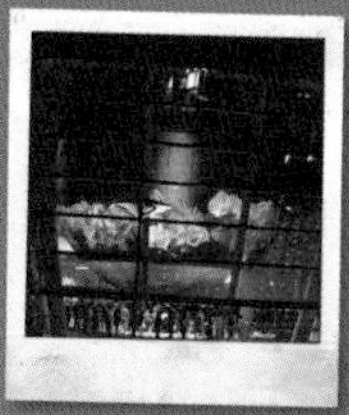

自序

時間的旅人。

通往未來的那條路

我走在那條路上，兩旁櫻花繁盛茂密的綻放著，因為承載了太多重量，樹的枝枒微微傾垂，彷彿依戀著土地的溫度。行走在土地上的我們，並不知道土地裡的溫度是怎樣的，但，植物知道。

一棵樹知道何時應該休眠；何時應該甦醒；何時應該奮力開花；何時應該結實累累，一棵樹知道的，關於生命的規律，或許比我們更深刻。

樹與時間訂下了盟約，彼此都不違背，安靜的信守。於是，在花開時，它不會得意忘形，狂妄自大；在落葉蕭索時，它依然昂然佇立，不致消沉。不管榮茂或枯萎，都是時間的意志。

這是第二次，我走在那條路上。頭一次是秋冬之際，領著我來的朋友說：「如果妳不忌諱的話，我要帶妳去看個美麗的地方。」為了領略美麗，我是無所忌諱的，就這樣，我們來到了谷中靈園。

靈園，是我們每個人最終的去處，是殊途同歸的未來。因為太懼怕，我們不敢想像，甚至連靠近都以為不祥。

這些年來，與我的生命深深牽連的人，一個一個邁向了那個未來，我愈來愈不覺得恐懼，甚至有一點嚮往，我所愛的那些人，出發之後，去到了哪裡？在做些什麼呢？他們好像分別從我生命裡取走了一小片，抵達遠方，而我最後的出發與抵達，才能完整的拼湊我自己。

我與靈園初次見面，高大的樹木滿是枯索之氣，許多壯麗的大型碑石指向天空，以一種藝術的方式，標示出逝者的人生索引，有些寫得滿滿的，有些只是幾行俳句。我被它的規模與詩意所震撼，死亡，可以這麼莊嚴，這麼瑰麗。

我站在巨型石碑前，努力辨識漢字，試圖了解一個陌生人。

如果我們願意多一點想像，想像未來墓誌銘上會鐫刻哪些字，或許，那些拚了命想爭取的，突然都不重要了；在心裡糾結許多年的怨憤不平，突然都一笑置之了。我常覺得我們的煩惱和焦躁，都是因為對未來缺乏想像的緣故。

山田家

選擇了春天櫻花盛放的季節，執意再一次造訪，想看看傳說中夾道怒放的櫻花，該有多美。

「如果你們覺得忌諱，不用跟我一起去，但我是一定要去的。」我對同行的遊伴說。

結果，沒有一個人忌諱，大家都想看看開滿櫻花的靈園，是什麼模樣？我發現能成為旅伴的人，不管在什麼樣的旅途中，一起冒險、一起跋涉、一起歡笑，必然都有些類似的生命特質與情調。

對我來說，是舊地重遊了，但是，依然被眼前景象所震懾。

那時已是落櫻時節，一陣風過，小巧輕盈如指甲片的花瓣便細雪般的翩然飛舞，引起陣陣歡呼。我忍不住伸手去觸摸，啊，是溫暖柔軟的櫻花雪啊。我站立片刻，肩膀髮際便留下一片片落瓣。「拂了一身還滿」，李後主身上的是落梅不是落櫻，但他是否也像我這樣，有點小小的苦惱和疼惜，該把這些情意纏綿的落花怎麼辦呢？

許多落花被吹進一旁水槽裡，前夜一場大雨，浸泡潤濕著它們，陽光下閃動粉色光芒，宛如一個盛裝粉晶和寶石的聚寶盆。是櫻花前世的回憶吧，那些不肯忘記的回憶，都有著珠寶的貴重。

在靈園主要通路的櫻花道上，有背著書包跑過的小孩；有拉著菜籃車的主婦；有騎著腳踏車的悠閒男子；有手牽手的年輕愛侶，穿越一個個安息之地，過著尋常的生活。也有像我們這樣專程前來的旅人，在其間穿梭、跳躍、取景，拍完合照拍獨照，將落櫻繽紛的靈園當成遊樂場，享受活著自在行走的樂趣。

我走在過去，走在現在，也走在未來的路上。

☆

曾經以為旅行是一場空間的移動，漸漸的我明白，旅行也好，人生也好，其實都是時間的移動，我們只是時間的旅人，聽憑時間的意志穿越。

這幾年我一直在旅行，也常常重遊舊地，與我作伴的都是比我年輕的朋友，有時我會回憶起某條街口的小店；或是某座公園裡有噴水池；或是某個市集的開放時間，同行旅伴便很詫異的問：「妳怎麼知道？」不過是偶爾浮現的記憶啊。而在人生道途中，我有時也能準確指出某些事的發展；某些人的反應；某些心情的幽微與轉折，身邊的朋友很詫異的問：「妳怎麼知道？」不過是中年的歷練與洞明啊。

中年以後，對我而言不是久別重逢，而是舊地重遊。

值得慶幸的是，每一次的舊地重遊，我總能保持著雀躍與好奇，充滿熱情的意欲探索更多的未知，旅行也好，人生也罷，總是有著許多未臨之境，散發強烈誘惑。

我是一個禁不起誘惑的人，因此，二〇一一年發生了一段小小的公職之旅。從來沒想過自己會進入公務員體系，卻是因為香港，因為推廣台灣文化，兩項難以抗拒的誘因，我在香港工作了十個月。那當然是一段必須用特別色標記起來的日子，我陪伴著新聞局走進歷史；見證了香港人的集體意識；在維多利亞港邊的住處陽台上，看過兩場華麗的煙花，也看過好多次的霧鎖港島。

我認為自己不是誤闖叢林的小白兔，而是夢遊仙境的愛麗絲，最終，找到了回家的路。

☼

中年以後，我的步伐變慢了，喜歡散步更甚於趕路。想把經過生命的風景看得仔細些，把身邊的美好多保留一些，卻免不了憂傷的告別。

當我的憂傷太沉重，便讓自己回到起點。

回到生命的起點，回到每場緣分的初相遇，太多的偶然與選擇，有些因為時間的安排，有些則是我們自己的一念之間。

回到起點，有的不再是遺憾，而是感激。感激與我同行的人們，感激許多年來一直閱讀著我的你。在時間的領地，我們彼此相伴，已經走了這麼久，從來不孤單。

讓我們也訂下盟約，就像樹與時間始終信守。通往未來的那條路，不管是風和日麗，或是雨雪交加，都要懷抱信心向前走。

謹序於二〇一四年二月雨水之日

目錄

之一

之二

之三

之一 ·

父親結束了一段旅程，想起小女兒的請求：
「什麼禮物都不要，請爲我帶一朵美麗的花回來。」
這是多麼簡單的願望，比起珠寶或是華服等等。
父親走進那座奼紫嫣紅的大花園，採下一朵最美麗的花。
他並不知道，於此同時，小女兒截然不同的人生也啓程了。

只想要一朵花的小女兒，是耽美的。
耽美的人，往往有奇遇。

到上海
裁新衣去。

如果裁縫阿姨將每個孩子每一年量身的紀錄和圖紙都留下，
全部展示出來，肩寬、臂圍、腿長、胸圍……
我們就能看見歲月是怎樣改變了我們的樣貌，
那會不會是很壯觀的一個成長博覽會？

「妳覺得，在上海最時尚的代表人物是哪一位呢？」年輕女記者問。

當時，我正坐在上海一間咖啡館裡，窗外是殖民色彩很濃的綠色厚草地，廊上垂吊著風扇，偶爾幾隻鳥雀喧鬧地，飛過來又飛過去。

「張愛玲。」這個名字那麼無可選擇的從我口中說出來。既不特別，又無新意，卻像個真理。張愛玲如果活著，已經九十歲，她死去確實也有十五年了。然而，她卻仍夷然的活在許多人心中，不會老去，也未死亡，有時甚至還能激活一番——《小團圓》問世的時候。

張愛玲認為居住在新式公寓，是最理想的生活，如今，她離開五十幾年的常德公寓樓下，仍有粉絲時時留戀徘徊，宛如她的魂魄。張愛玲獨特的戀衣癖，或許得自母親的真傳，或許肇因於後母的壓抑，而許多女人想到她就覺得該裁製一件自己設計的新衣。

小時候，我的衣裳多半都是量身訂做的，母親用報紙剪出樣式，再裁成衣裳，加上一點自己的創意，就這麼穿個兩三年。我記得有一件暗紅色燈芯絨質材，可能是爸爸的好友跑船帶回來的料子。媽媽幫我裁成背心裙，夏天單穿，秋冬在裡頭加上襯衫或毛衣，底下配厚長襪。兩年之後我長高了，卻沒長胖，於是，背心裙成了上衣，底下配長褲，還能穿兩年呢。

一直到我唸大學，還常和媽媽去博愛路的布莊挑布料，操著上海口音的胖敦敦老闆娘，招呼我們：「來看看這塊面料是好的，剛剛到的。」那個年頭，到布莊挑布訂做衣服的人已經愈來愈少了，人工貴，不像成衣變化多端又物美價廉。而稱布料為面料的人，也十分稀少了。

老闆娘口中的好面料，沒能引起我們的興趣，我和媽媽轉身在花車裡尋找特價零碼布，那些繽紛色彩的棉布正好可以讓媽媽替我裁一件樣式簡單的無袖洋裝，或是條裙子。畢業舞會時，我穿的是自己設計，媽媽裁製的一件洋裝，束得小小的腰身，紫色花樣的蓬蓬裙襬，踩一雙米白色舞鞋樣式的低跟鞋。舞會裡最受矚目的學長走過來，向我邀舞，到現在我還記得當時的心跳與呼吸。

「到上海去，就要給自己做件新衣服。」常到上海出差去的朋友這樣說。「倒也不是做得特別好，只是便宜。」她補充說明：「體驗一下那種趣味吧。」

到了上海，由長住當地的親戚熟門熟路的帶到了「南外灘輕紡面料市場」。面料呢，我抬頭仰望著看板，想到了胖敦敦的老闆娘。面料市場不在市中心，搭地鐵也費點事，乾脆搭上出租車，直接到門口。

☆

所謂市場共有三層樓，上百家店鋪，各種布料都有，絲綢、棉、麻、絨毛、緞面、皮草，應有盡有。雖是以中式服裝的訂製為大宗，但，只要能拿得出樣子，他們多半都能做出來，走樣的時候自然也是有的，挑選裁縫格外重要。外國客人相當多，店家用英文應付自如，但老外不想被當成肥羊，自有他們的方法，

（上右）南外灘輕紡面料市場。
（上）成疋的面料像一個迷宮花牆。

一句話也不跟店家說，只低頭敲著計算機，敲出自己想要的價錢。店家搖頭、聳肩，再按計算機，就這麼按來按去，旁觀者圍成一小圈看熱鬧。最終，達成協議，老外與店家都鬆弛地露出笑容，圍觀者也顯現出欣慰的神情，一哄而散。

今天訂做，明天取衣，是面料市場的最大賣點。我不禁想像，在這小小的店面後方，有個看不見的工廠，整排的製衣師傅，嘎嘎嘎，踩著縫衣機，日以繼夜。

一大捲一大捲布料，各種色彩與氣味，乖乖的排排站。「你在竹竿與竹竿之間走過，兩邊攔著綾羅綢緞的牆——那是埋在地底下的古代宮室裡發掘出的甬道。你把額角貼在織金的花繡上。太陽在這邊的時候，將金線曬得滾燙，然而現在已經冷了。」張愛玲的〈更衣記〉是這麼說的。

面料市場裡的布料當然沒這麼高的檔次，但是，那樣的花色、紗綢、金銀絲線，確實築起一道又一道的迷宮花牆，行走其中，很容易失去方向感。

我們在一間較大的鋪子停下來，老闆娘與親戚立刻用上海話熱絡交談。母親訂做了一件秋香色繡花外套，連工帶料，人民幣一百五十元，是店裡原本就有的樣子。我想做一件帶點東方感卻不那麼中國式的上衣，女師傅推來紙筆：

「那妳畫畫樣子吧。」

我畫了小圓領，挖出點弧度來，比五分長一點，比七分短一點的六分袖，直筒不抓腰身。

女師傅看了看，拿起筆：「加個胸線吧。」畫完樣式挑布料，泰國絲的光度柔和，我挑了淺粉色，像剛剛生出的荷花。「領子滾個邊，袖子就不滾邊了，要不然太中國式了。」女師傅話倒不多，句句切中要害。她又幫我挑了蕁菜的綠色做滾邊：「太暗的顏色或是太鮮的綠都不好，這個挺搭的。」

接著便是量身，軟皮尺繞過我的身體，才那樣清楚的意識到，已經有二十幾年沒量過身，做過衣裳了。

✡

小時候比較複雜的式樣，媽媽做不來的，就會帶著我去村子外面的裁縫阿姨家做衣裳。每次一去，便是量身，裁縫阿姨的手涼涼的，皮尺也涼涼的，隨著身體起伏凹凸的曲線，四處遊走，像一條蛇。

我最愛的是那一盒子像石片的畫粉，有灰色的、白色的、粉藍、粉紅和粉黃。裁縫在布料上用畫粉畫上一道線，再用剪刀剪開來。十幾歲的時候，我去

（上）各式各款的衣裳懸掛招搖。
（右）小時候穿著媽媽裁製的新衣。

裁縫阿姨家裁一件背心短褲，阿姨照例是那句話：「又長高啦。」她的冰涼的手指舞動著那條冰涼的小蛇，爬行在我發育中的身體，忽然引起一陣奇異的感受，汗毛豎起，渾身緊繃。

那似乎是頭一次，我意識到自己的身體，有些不同了。從那以後，我再也沒去外面做過衣服。

如果裁縫阿姨將每個孩子每一年量身的紀錄和圖紙都留下，全部展示出來，肩寬、臀圍、腿長、胸圍……我們就能看見歲月是怎樣改變了我們的樣貌，那會不會是很壯觀的一個成長博覽會？描繪著我們成長的圖紙當然都不存在了，連那小小的裁縫鋪也早已消失。

上海師傅替我量身的時候，手勢是很輕柔的，尤其是量頸圍時，圈住頸脖卻留下適度空間，不致產生窒息的恐懼感。她在我的手臂上模擬著袖寬與袖長，又讓我彎起手肘揣摩袖子的移動，十分仔細。

我的荷花衫子，連工帶料，人民幣兩百，付了一百元訂金，走出面料市場的時候，我發覺自己不僅裁製了一件新衣，也找回了一塊童年碎片，關於一種量身訂做的，既貼身又獨特的回憶。

到濟南炒全雞去。

每個人都有看得見和看不見的東西啊，有什麼關係？
我們不就生活在我們看得見的世界裡，
用我們所相信的道理過生活？

「到了濟南府，進得城來，家家泉水，戶戶垂楊，比那江南風景，覺得更為有趣。」跟隨著老殘的步伐，我們也進得濟南城來。不同的是，老殘是搖著串鈴，行醫濟世而來的；我和我的旅伴們，閒遊逸樂的病症已入膏肓，乃是期待救治而來的。

那宛如天籟的白妞說書早成絕唱，否則擠破頭也要去聆賞一回的，該是我們的救命丹。

☼

就把「四面荷花三面柳，一城山色半城湖。」的大明湖當作第一帖良藥吧，和著沁涼的春風服下。站在鐵公祠前的湖水畔，每個人都得極目遠眺一番，只因為老殘說他曾在這裡看見過千佛山，形容得那樣絕色。

但，後來的人總也沒見過千佛山，便議論紛紛，文學家的話豈能盡信？城裡處處施工，塵土蔽日，這裡就像是濟南城的肺，吐納著柳樹與桃櫻的氣息，我站在湖水邊，深深呼吸。

每個人都有看得見和看不見的東西啊，有什麼關係？我們不就生活在我們看得見的世界裡，用我們所相信的道理過生活？

旅伴吆喝著，雇條船去歷下亭吧？正是春天，荷葉才剛剛發芽，圓圓的像銅錢，當然無法像老殘那樣，船身擠在蓮蓬中，發出砰砰的聲響，索性摘下一枝，撥開來吃那一顆顆爽脆清香的蓮子。

歷下亭在湖心小島，整理得乾乾淨淨，杜甫的詩句「歷下此亭古，濟南名士多。」仍懸掛著，「歷下亭」三個字是乾隆題上的。每回見到這愛題字的皇帝四處留下墨寶，都覺得好笑，他最大的事業恐怕不是統御四海，而是題字蓋章吧？所幸，他當上了皇帝，沒人能阻止他的癖好。

亭子明顯是新修的，豔紅的建築原本匠氣，而亭旁的櫻花偏開得癲狂，將那些匠氣遮掩得恰到好處，反倒風雅了。如果可以，我倒真想在這清幽的所在，擺張小板凳，閒閒地坐一坐，可惜，船又催開了。

「家家泉水，戶戶垂楊。」該是我們的第二帖良藥。所謂垂楊，其實是垂柳吧，來自北方黃土高原的我的母親說，楊樹是不會下垂的，這是柳樹。她說得那麼篤定，此刻，站在柳樹下的七十幾歲華髮婦人，彷彿不是老人，而是個七歲的小女孩。一陣風過，小女孩伸手輕觸絲絲柳條，如好友重逢。

濟南第一名泉趵突泉，當老殘尋覓而去的時候，當地居民告訴他，曾經冒起五、六尺高，因為修池變矮了，只能冒二、三尺高。而當我們尋覓而去的時候，變得更矮，必須努力辨認，才能看見池水上鼓動的兩三股水流。

濟南城裡依然是家家泉水，一條條溪流就這樣的環護著戶戶人家。泉水很澄淨，汩汩細流從水底湧出，就像是魚吐泡沫似的，養活了許多綠陰陰的水草。水草如美人魚的長髮，纏綿著，流動著，水畔有洗衣的婦人，一邊勞動著一邊聊著天。泉水流啊流成了一片大池子，男人們甩起釣竿，靜靜垂釣，夕陽緩緩墜落。在這裡，時間一點也不矜貴，像是定格了，舒緩從容。

大明湖中的歷下亭被櫻花圍繞。

☼

魯菜美食，當然是我們的第三帖良藥。

出發之前我對父母親說：「我們要到山東去吃真正的山東饅頭啦！」從小我們家就是山東饅頭的熱愛者，那些老兵踩著腳踏車，叫賣著：「閃東悶頭！」是我們每天期待的聲音。

撥開沉沉的雪白饅頭，一層層的內裡，紮紮實實地，看得見手揉的痕跡，嚼得出麥子的香味。然而，從青島到濟南，從高檔餐廳到平價小食，一顆饅頭也沒瞧見。一開口問饅頭，店家就端上餃子和包子充場面，真的很想像廣告裡的阿兵哥那樣，滿地打滾耍賴：「這不是山東饅頭！這不是山東饅頭！」

過了幾天，導遊才吐露真相，那種大饅頭，是鄉下人吃的，城裡人條件好了，誰還吃饅頭啊？餃子和包子多好，滿滿的餡兒。

我們恍然大悟，突然好想當鄉下人，啃一啃真正的山東大饅頭。

因為仍然抱著希望，我們猛翻導覽書，找到了評價很好的「粗菜、老濟南菜、地方農家菜」的「原粮粗菜館」吃午餐。

餐廳裝潢時尚而復古，在小包間裡我們點了著名的四大缸，其實是很別致的四個小缸，分別盛裝著鹹酥的鹹鱍魚；香脆的蝦皮；吃起來有炒蛋口感的農家豆腐；以及濃鮮的蝦醬，還附上一盤窩窩頭，是裹著這四味小菜吃的。

母親幼年捱餓，她吃過的窩窩頭是真正的玉米麵粗糧，吃著割喉，難以下嚥，一輩子對這三個字總沒好感。而我們吃著這一點也不粗的窩窩頭，香潤滑落喉嚨裡，餘味無窮。母親也吃了，她說：「這不是真正的窩窩頭。」我知道，這不是饑饉年歲裡的窩窩頭，現在是太平盛世。

像一場夢似的，願我的母親在荒年裡睡去，卻在豐年裡甦醒。

我們還吃了松鼠黃魚、九轉肥腸、山雞蛋麵筋燉排骨，濃郁厚醇，真正是飽足了，依然沒吃到大饅頭。

✡

第三帖良藥的最後一味藥材，卻等在想像不到的地方。

那是我們登過泰山，回濟南市的路上，聽見司機師傅與導遊商量著，

（上）夕陽下悠閑的釣客。
（左）粗菜館的四大缸和窩窩頭。
（左頁）老闆娘在露天廚房炒全雞。

等下要去吃炒全雞。

「炒全雞好吃嗎？」我們問。

「那是好吃的，就是環境不太好。」

吃不到山東饅頭的失落還需要一點安撫，我們請導遊帶我們吃炒全雞去。於是，從住處泉樂坊出發，走過向晚的名人巷，穿越那條濟南名士多的小巷，牆上繪製了一張張的名士圖。躬耕田畝的大禹；精通醫術的扁鵲；撚鬚苦吟的杜甫；拍碎欄杆的辛棄疾；人比黃花瘦的李清照，都在牆上注視著我們，當夜幕降下，他們的目光便炯炯的亮起來。

市中心著名的芙蓉街夜市，人潮湧動，許多豔紅燈籠明亮著，燒烤的煙薰火燎，我們一直往更深處走去，人聲斂息，最後，站在小小的巷弄裡。

小小的屋子，門口貼了張看板：「濟南特色炒全雞」。大叔和大嬸兩口子，準備著一個保麗龍箱子，用玻璃蓋著，裡頭是剝光光的全雞，雞隻睡在結冰的保特瓶上，一切都克難，卻非常環保。廚房就在門口，大嬸頭一回見到海外的客人，又驚又喜，忙著點火料理；他們不到兩坪的居處，沒空間架桌擺凳子，大叔忙著張羅，向左鄰右舍借來幾把凳子，就在狹仄的巷弄裡擺開來。

我們的身後是鄰里晾曬的衣服；只要有貨車經過就得起身讓道；騎腳踏車的人好奇的盯著我們瞧，大叔大嬸的熱誠化解了我們的彆扭，那晚只有三道菜，炒全雞、涼拌小黃瓜、大蔥炒雞蛋。

小黃瓜的蒜味和醋味清脆醒神；厚厚的炒雞蛋飄著蔥香，軟硬適中。最經典的當然是炒全雞，先用大火爆炒下料，再擱進快鍋裡，連同切塊馬鈴薯鎖緊，咕嘟咕嘟，十幾分鐘後起鍋。雞肉鮮嫩，馬鈴薯鬆軟，飽吸湯汁，非常惹味。我們一行七個人，看著大盤裡的鄉下人食量，原本以為力不從心，結果盤盤見底，展現出鄉下人本色。

結賬時竟然只有人民幣六十八元，又一個大驚奇。

常常我想起穿越芙蓉街的冷空氣，想到我們坐在狹巷中等待鍋爐熬煮，月亮從高高的牆邊升起。我重溫了最素樸簡陋，殷切熱誠的待客之道。圍桌而坐，那一刻，坐下的是永不能回來的童年時光。

到日月潭騎車去。

我們坐在平台上喝水聊天，看著蜥蜴爬行而過，
看著小烏龜從水中登上毫髮人的國度，
慢慢把身體曬乾，再滑進潭水裡去。
我們確實是有大把時間，如此豪奢富有的人啊。

錄完廣播，電台同事向我招手，問道：「車子騎到哪裡去啦？」我會成為一個「騎士」，確實是受到這些同事的影響甚深，於是，我走過去報告：「去日月潭啊！」說著，有點小小的虛榮。

「什麼？」另一位來串門子的，不明就裡的同事睜大眼睛：「妳從台北騎去？」

「怎麼可能？」距離稍遠的同事聽了也激動起來，離開座位，大聲嚷嚷：「她怎麼可能騎去日月潭啊？拜託！」

好吧好吧，既然大家都這麼瞭解我，我就實話實說吧：「我是坐著四輪到日月潭，再騎一會兒腳踏車。如果環潭要騎三十幾公里，我大概只騎了三公里吧。」就

這麼坦白從寬一番，同事們都滿意的笑了起來。

我自己也笑，然後不禁要想，騎車真是一件很棒的事，連談論著它，都能令人那麼愉快。

☆

小時候父母帶著我參加過日月潭的旅行團，但我已經沒什麼印象了；長大後跟同學一起去日月潭，參加了畢業旅行，但我必須承認，那時候太多的心思在團體遊戲這一類的事上，並不太留意景色與風光。

大陸的朋友提到台灣，總那麼充滿嚮往的憧憬著：「日月潭啊，那麼美的地方，一定要去看看的。」我每每笑著點頭卻搭不上腔，日月潭是這麼親切，卻又感覺這麼遙遠。

這一次和「肉腳車隊」的夥伴們去日月潭，是全新的經驗，因為我們要環潭騎車。

小時候我曾經是個叱吒風雲的女騎士，穿街越巷，追逐著風，也追逐著一些看不見的東西，一輛好舊的腳踏車，是爸爸騎著上班的，隨意丟在牆邊，也不會被人牽走。我卻常常能達到人車合一的境界，追逐著那種幾乎快要飛起來的速度與感受。但，那都是小時候的事了，成長過程中，我失去了騎車的能力，想起來便淡淡的感傷，就像美人魚失去了游泳的能力，雖然擁有行走的雙腳，還是免不了惆悵的吧。

當全台灣的人彷彿都陷入小摺的狂熱中，我也像罹患熱病那樣的渴想一台小摺。這才發現，到處都在缺貨，小摺已經奇貨可居到至少等候半年的程度，如果交情不夠，連單車店的「Waiting List」都不給你排。這一切狀況，只激發了我的高昂意志與戰鬥力，廣發全台搜索令，給親朋好友與親友的親友，連大陸地區都在幫忙想方設法。終於，不到兩個月，春天剛剛來臨，皇天不負苦心人，接到了車行的電話。

我的小摺不是紅色的；也不是桃紅或粉紅

（右頁）在日月潭騎車真是心曠神怡的事。
（上）早起的雲霧在潭面上輕輕遊走。

色，而是我最想要的芒果黃。「妳會給它取名叫『芒果』嗎？」朋友問。「當然不會啦！多沒創意。我叫它『布丁』！」朋友默默無聲，好吧，我知道，一樣沒創意。

布丁是同事幫我去車行騎回來的，當我第一次跨上車，圍觀者驚呼不斷：「妳到底有沒有騎過車啊？」

「你們不明白嗎？做什麼事都像第一次，才會有新鮮感！」我說完立刻騎上車，像個醉漢那樣，歪七扭八的上路了。

☼

朋友觀賞過我的騎術之後，竟然還邀我加入「肉腳車隊」，使我信心倍增。車隊首發團，選擇的就是日月潭環潭公路。

為了環潭，我發揮了花木蘭的精神，「東市買駿馬，西市買鞍韉，南市買轡頭，北市買長鞭。」專業的車衣、車褲、安全帽、手套，看起來煞有介事。市面上開始出現專為女性量身訂作的車衣，色彩鮮豔，剪裁合身。而真正吸引我注意的是車褲，像絲襪一般的貼身與質感，胯下還有保護臀部的墊子一大包，就算座椅太硬或道路顛簸，也不會痠痛。

於是，我有了專業小摺；完整配備；選手車衣，以及永遠都像第一次的新手技術。

休旅車上載著兩台小摺和四個人，涼涼的四月天，出發前往日月潭，住宿潭邊。早晨在喧鬧的鳥鳴中醒來，我赤著腳，披起外套，推開落地門，佇立在陽台。看見碧綠如鏡的潭面上，籠罩著一層白色的浩浩煙霧，雲霧與潭水，剛剛結束了耳鬢廝磨的繾綣纏綿，正難捨難離。我在木椅上坐下，等待陽光升起，反正有大把時間，一點也不怕浪費。

兩、三個小時之後，「肉腳車隊」出發了。明亮的陽光，宜人的涼風，一切都在我們的預期中，唯一的失算便是，為了迎接陸客，潭邊的飯店紛紛大興土木，鎮日裡砂石車與工程車奔馳在環潭公路上，每當那些巨輪呼嘯而過，我便覺得布丁幾乎要尖叫了。

於是，為求安全，我們轉進到更接近潭邊的行人木棧道，非假日沒有什麼遊人，像走在森林裡。累了，便在平台上休息，潭水是顏料調出來的靛綠，很難準確形容。一片又一片水生植物，橢圓形的植栽成一座座纖小的島，欣欣向榮，漂浮在潭面。彷彿，那是毫髮人的國度，自給自足的一塊樂土。

我們坐在平台上喝水聊天，看著蜥蜴爬行而過，看著小烏龜從水中登上毫髮人的國度，慢慢把身體曬乾，再滑進潭水裡去。我們確實是有大把時間，如此豪奢富有的人啊。

☼

來到日月潭的觀光客總是要乘船遊潭，我們喝過潭邊的星巴克咖啡，便轉向不遠處的三育書院了。當我小時候，家裡總堆放著一箱箱台安醫院委託三育書院生產的維生奶。濃濃的豆奶加了維他命，曾經擔任過台安護士的母親相信這些豆奶對發育中的我們很有助益，因此，常常一箱箱的訂了來。後來，坐落在新店的三育書院搬到了南投，維生奶停產了，我的發育也停止了。

（右頁）三育書院靜謐的美景。
（上右）激發購物欲的茶廠好物。
（上）日月老茶廠的午後時光。

現在的三育書院很遼闊，悉心整理的綠草地和成排的樟樹，像是為偶像劇準備的場景，隨意按下快門都令人心情平靜感動。校園裡見不到什麼人，我們輕快的騎著車，緩緩的散著步，時間在此是凝結的，像一個保存完好的標本。

返回日月潭的路上，我們尋訪了傳說中的「日月老茶廠」。主幹道上的茶廠指標不太明確，一閃神便會錯過，我們的車來來回回好幾趟，將要絕望時才見到那條通往茶廠的小路。

像要探訪桃花源那樣的，車子上了坡，轉過茶廠，便看見了用心設計的展示中心與宴會廳。一九五九年「台灣農林公司魚池茶場」在此興建，曾有過數百員工的榮景，見證了魚池紅茶半世紀的盛衰。整修之後的廠房，樓下是展售處，色彩鮮豔的圓罐子，包裝著台茶八號、台茶十八號、古典日月紅茶、阿薩姆紅茶……貪愛茶罐子，每一種茶都往購物籃裡裝，再加一包段木香菇，又添上兩瓶松鼠和猴子吃剩了才醃製的李子。結賬的時候，要花好大力氣克制自己，連購物籃一起打包的念頭。

走過萎凋區，我知道這些綠意盎然的葉片還要經過揉捻、解塊、發酵、乾燥的過程，才能成為白磁杯裡紅灩灩的一盞茶香。多像是人生的一則譬喻？

二樓窗邊，每扇灰藍色的木格窗都推開來，一輛舊得不能再舊的腳踏車引起驚歎。那正是記憶中，家裡第一件交通工具的樣子。

我有了強烈的衝動，在這間我出生前就存在的老茶場裡，如果騎上這輛車奔馳，將會把我帶到哪裡去呢？

到白骨找溫泉去。

湯屋忽然開啟，散逸出一陣白色煙霧，
沐浴完畢的一對情侶，快速一閃而過。
連他們的樣貌都看不清楚，卻在他們與我錯身的剎那間，
感覺到肌膚上騰蒸的溫暖熱潮。

攝氏三度的低溫，上午九點五十二分的白骨溫泉案內所，我在等候著十點的巴士，從狹仄的山稜線駛來。

這雨，昨夜開始下個不停，雨水在水窪裡鼓起一個又一個水泡。這麼大的雨，會不會山洪爆發？會不會坍方？會不會土石流？也許，巴士根本上不了山；也許，巴士被土石阻攔在半途，許多悲觀的擔憂在我心中成形，就像水窪裡的泡泡，此起彼落。

「巴士到底會不會來啊？」我低聲的問，宛如囈語。

「會來的吧。」同伴開口，說出了重點：「這是日本耶。」

旅館的歐吉桑用接駁車把我們送到案

旅館窗景，暮色中好似
大雪紛飛。

內所時，還特別對已經先到了的幾位阿桑說明了我們的觀光客身分，接著又九十度鞠躬，請阿桑多多關照。阿桑好意的挪了挪身子，讓我們可以坐下來，距離火爐更近一些。

十一月中旬，山上已經有了寒冬的意味了。

九點五十八分依然沒有巴士的蹤跡。這一次，我的探訪秘湯行動真的是太耗時費力了，若沒搭上巴士，就會錯過電車，接下來的中央特急也趕不上，我的行程將會一團混亂。早知道會有這樣的憂慮，就該挑個近一點的溫泉區。

但是，浸泡過溫泉的肌膚仍那樣光滑溫暖，就算巴士真的誤了點，就算我的悲觀都成了真，這趟白骨溫泉之旅，還是那樣的獨特美好。

☆

從我開始享受泡湯這件事，我的人生再也不同了。

二十幾歲時，頭一次和母親到日本旅行，旅行社安排了箱根溫泉旅館的住宿，團友們興高采烈的去泡大眾池了，我和母親聽說要與那麼多人共浴，立刻默默回到房間，早早上床睡了。

過了好幾年，幾個相熟的年輕好友聽說我從沒泡過溫泉，顯出不可置信的表情，堅持我應該開啟這一種感官經驗，才半推半就的跟著他們去了。

頭一回是在陽金公路上的馬槽，硫磺氣味濃重的日月農莊。還沒勇氣泡女湯，只好排隊泡個人湯屋。一小間一小間個人湯屋，半露天式的，用大片石塊砌成的浴池，一個人泡大了點，兩個人泡剛剛好。石塊堆疊的隔間，縫隙間還能生出青草和蕨類來，這樣的野趣吸引了我。

湯屋的環境其實很簡陋，脫除下來的衣物連個安置的乾淨角落都沒有。但是，在冬雨中，撐著傘，在湯屋外排了半小時的隊，感覺連髮梢都要結冰了，湯屋忽然開啟，散逸出一陣白色煙霧，沐浴完畢的一對情侶，快速一閃而過。連他們的樣貌都看不清楚，卻在他們與我錯身的剎那間，感覺到肌膚上蒸騰的溫暖熱潮。

幾分鐘之後，我一個人靜靜地浸泡在溫泉水中，臉上微微地汗濕了，比體溫炙熱的泉水，像無數細小的牙齒囓咬著身體的每一吋，使人緊繃，但，不久之後，漸漸習慣了水溫，那些細牙消失，變成了柔軟的唇的輕含，全身鬆弛，整個人便飄浮起來，浮在一切干擾、苦惱、焦煩之上，解脫了。

自此「一泡而紅」，我成為一個上癮者，尤其到日本旅行的時候，他們的溫泉文化如此登峰造極，豈能輕易錯過？

從北海道到福岡；從伊豆到箱根；從有馬到日光。溫泉旅館女中親切的笑容；琳琅滿目的會席料理；各式各樣的大眾池與特色湯；色彩斑斕的美麗浴衣，都令人留戀不已。

我曾在進入伊豆坐漁莊的房間時，驚得怔住了，那是懸浮在森林中的玻璃屋，就像是《暮光之城》裡貝拉進入吸血鬼情人愛德華的房間，下一秒愛德華就會攬著貝拉飛到最高的樹巔，俯看湖水與山色。

而我望得更遠些，便能看見灰藍色的大海。我也曾在箱根泡過湯之後，拜訪了小王子的博物館，最愛的是日本重現聖・修伯里的故鄉，那些彎曲的巷道與石板地，陽光單薄的灑在屋頂上，閃一閃便消失了。

✡

我的好友理一到日本唸書之後，去東京就有不同的意義了，奇妙的是，有了他帶領著走過的東京，彷彿也用不同的樣貌注視著我。

（上）坐漁莊懸浮在森林之間。
（左）小王子博物館彷彿走進時光甬道。

為了證明自己不只是個觀光客，因此，選擇了較為遙遠曲折的秘湯，用一種冒險的心情上路了。先從新宿搭乘「中央特急」共一五七分鐘，抵達松本，換乘松本電氣鐵道上高地線，三十一分鐘後到新島島，再轉乘松本電鐵巴士「新島島↓白骨溫泉」，需時九十分鐘。

從車票的買辦到行程講解，都是理一包辦的，他還為我們製作了行程表，隨身攜帶。然而，當他預先致電給湯元齋藤旅館，為我們預約巴士站到旅館的接駁車時，旅館裡的人聽說我們是兩個不會說日文的女生，自己搭車前往，也不免用擔憂的語氣問道：「這樣可以嗎？」

這是一條漫長的道路，卻一點也不覺疲憊，深秋的窗景一幕幕從眼前滑過，柿子樹上累累的結實；房舍陽台上掛著風乾的一串串金黃色柿果，接著是平原和山林，溪水與瀑布，我終於明白秋色迷人並不只是紅葉，而是森林中那些錯綜的色彩，層層疊疊，黃色、橘色、紅色、棕色與墨綠，織錦緞似的一卷卷開展著，絕無重複。無論是多麼匠心獨具的畫家，也調不出這麼飽和又富變化的色彩。

巴士在山中迴旋著，愈攀愈高，這就是所謂的日本阿爾卑斯山系嗎？車子行經一個小學，男老師陪著一對兄妹似的小學生等在站下，小兄妹上了車，書包上的鈴鐺噹噹作響，車上的乘客都轉頭看，微微帶著笑意。小兄妹在「鈴蘭」那一站下的車，他們的母親正等在站牌下，與司機揮揮手打招呼，一手攬住一個孩子，母子三人走進一間民宿去了。住在山裡的孩子，紅撲撲的面頰，不久就要迎接白雪紛飛，但，他們看起來十分快樂。

終於抵達終點「白骨溫泉」，雖然沒有母親的等待，看見湯元齋藤旅館的接駁車，我也十分快樂。湯元齋藤旅館據說是中里介山的小說《大菩薩峠》中白骨温泉的旅館的原型，已有兩百六十幾年的歷史。我們入住的是「介山莊」五二〇八號房，名為「兵馬」，包含「和室十疊＋和室六疊＋居間＋露天風呂」，是我住過最大的房間。

女中邁著小碎步領我們去看露天風呂，一個長方形的檜木浴缸，出水口中不斷有溫水湧出，神奇的是，浴缸永遠不會溢出水來，而水溫永遠四十度。等到夜裡使用時才發現，浴缸經過特殊設計，能加溫缸裡的水保持恆溫，還能控制水量。怪不得女中在這裡花費最多時間講解，她可能也很引以為榮吧。

女中離去之後，我才注意到大片窗景，有一點居高臨下，看見古老的屋

（上）已有二六〇年歷史的湯元齋藤旅館。
（下右）旅館中的露天溫泉。
（下左）白骨溪畔的野天風呂。

瓦；高低參差的林木與朦朧的遠山，許是黃昏時分吧，天又陰霾，竟覺得窗外似是下起雪來了。

第二天，難得放晴，我們在旅館附近隨意散步，發現許多地方都關閉了，要到明年四月才會開放，豔黃色巨大的剷雪車停在路旁，接下來將近半年，已經準備好心甘情願的讓冰雪佔領了。

靠近白骨案內所有個野天風呂，自動販票五〇〇日圓一張，拿著票拾級而下，直下到湍急的溪邊，男湯女湯各據一方，用細竹籬笆隔開遮蔽。沒看見一個人，連管理員也沒有，我們脫下鞋襪，捲起褲腳，將雙腳浸泡在溫泉裡，溪水奔流，嘩啦啦不舍晝夜，我坐著，感覺到震動。

十點的白骨溫泉巴士站，雨依然下個不停，候車的人們有些騷動，我看見巴士正緩緩的駛來。沒有撐傘，跑向巴士，冷雨落進頸間，還沒離開白骨，我已經想念溫泉了。並且想著，更高更遠有著積雪的山頂，此刻是否已經飄雪？

到櫻國過生活去。

有年輕愛侶相依相偎，拿起手機玩自拍，甜蜜笑靨如花；
有老夫老妻相伴著蹣跚而行，顫抖雙手為老伴拍照，
映照在老先生眼瞳中的老太太，也是笑靨如花的吧？

「櫻花已經五分開了。」日本好友發來的訊息這樣寫著：「可以準備出發啦。」

日本的「東京都內櫻花實況追蹤特報」，將各處賞櫻勝地的開花狀態即時更新，有照片為證，分成含苞（つぼみ）、花開（咲き始め）、五分開（5分咲き）、滿開（満開）四個階段。在這段時間裡，整個日本都像是為了等待櫻花而存在的國度，簡直就是一個櫻國。

十幾年前，曾經懷抱著浪漫與幸福的想像，到東京趕赴櫻花的盛筵。

那時的我，留著一頭長髮，戴一頂赭紅色的窄簷絨帽，與情人穿梭在陌生的月台，緊張又興奮的，擠進上野公園裡，沒

有所謂的「櫻花實況追蹤」，也無法向人探問，只在心裡想，如果可以看見盛開的櫻花，就表示我真的能夠得到長長久久的幸福。

緊緊挽住情人的臂彎，將要踏進公園時，充滿忐忑不安的情緒，腳步也變得遲滯了。

「累了？」毫不知情的情人體貼的問：「要不要休息一下？」

我搖搖頭，深吸一口氣，踏進公園。

那是頭一次，看見那麼多那麼多的櫻花，開到極致，枝幹像是不堪負重似的被壓低了。真正是滿開的盛況啊，我的櫻花，我的愛情與幸福。

只是我忘記了，滿開之後的櫻花，便只能紛紛飄墜了啊。我的愛情與幸福，也是一樣。

因此，這一次，朋友傳遞了櫻花已經五分開的訊息，我想，這是剛剛好的狀態，一場值得期待的訪櫻之旅。

☼

我聽見靴子磨擦著細石子，發出一種粗礪而又篤定的聲音，人在黃昏裡疾疾向前行走。每走一步，腳下就飛起一蓬淡淡的灰塵。

抵達原宿時已近黃昏，想要趕在御苑關閉之前給自己一場櫻之驚喜。卻是趕不及了。五點關園，明日請早。既然不給看，就去看明治神宮吧。

趕上了明治神宮鎮座九十年，一整排胖胖的酒桶，「麗人」、「司牡丹」、「朝乃舞」、「蓬萊」、「白雪」、「長者盛」、「開運」、「菊勇」、「醉鯨」、「女城主」……添上一個美麗或引人遐思的名號，這些酒桶便像是以一種祕密管道，從大唐運來的，仍封存著隔絕歲月煙塵的濃醇醪香。

來到明治神宮前的廣場，正用手機拍攝著那些木造的宮宇，想傳給未能同行的朋友看，忽然，時空裂出一個口子，我看見從木窗櫺與門庭中，走出來一列雪白衫子，豔紅長褲，低首斂眉的年輕女子，素顏的她們，

（右頁）代代木公園的夜櫻。
（上）明治神宮的驚鴻一瞥。

長髮用同款的髮飾挽在頸後。寬鬆的長褲行走時飄飄搖搖，露出白襪與夾腳拖鞋。就像是宮殿裡的女官，準備往御書房去；又像是京城的女學生，收拾書包各自回家去，雖然，她們包裹得密密實實，我卻對那些背影產生許多盛唐的性感想像。

走出明治神宮，漫無目的隨著人潮，流進了隔鄰的代代木公園。公園裡的人提著小椅子或是大包小包的食物，目標明確的往前走。空氣裡浮動一股騷動的情緒，雖然還沒看見，卻已經有了感應，來了，來了，阿花來了。嗯，應該是阿櫻來了。

果然，當暮色全然籠罩，我看見一大片，如懸浮在空中的飛雪，不降落也不會融化，夜裡依舊盛放的櫻花。

雖然沒能趕上御苑，卻遇上了不同的風情。於是我知道，這是一場緩慢的旅程，無法追趕，只能遇見，應該放慢腳步，慢得就像，要在這裡天長日久的過起生活來。

出發之前，東京的氣象預報日日有雨，真不是個好消息。

然而，那麼幸運地，微微的陽光與薄薄的雲層，偶爾醞釀幾滴雨點，正是賞櫻的好時節。我捨棄了上野公園，舊地毋須重遊，該製造一些新鮮的美好回憶。這一次，搭乘京王井之頭線往吉祥寺的井之頭公園去，是許多日劇的著名場景，也是日本好友推薦的賞櫻名所。

為了避開人潮，吃完早餐就出發。公園裡的櫻花開得豐盛璀璨，每棵櫻樹下圍坐的人們，也各自精彩。在地上鋪著膠布，擺滿食物、水果與飲料，當然還有酒。男男女女精心打扮，有老友相聚的熟悉；也有聯誼初識的拘謹。有年輕愛侶相依相偎，拿起手機玩自拍，甜蜜笑靨如花；有老夫老妻相伴著蹣跚而行，顫抖雙手為老伴拍照，映照在老先生眼瞳中的老太太，也是笑靨如花的吧？

有人蓋著睡袋，蜷起身在櫻樹下熟睡，應該是個深夜未歸人吧？

整座公園裡的櫻花，守護著他的眠夢，哪裡還能找到更豪奢的旅館？

當年德川家康命臣民尋找水源，便在這裡找到了源源不絕的水，井之頭公園那片湖水，是泉水湧出的地方嗎？心中的疑問沒有答案，只被湖水周圍開放的櫻花蠱惑得意亂情迷。櫻花倒映在水裡，盪盪漾漾，有一種繁華之美，也有鏡花水月的虛空感。走上橋，看見的是兩岸的湖水櫻姿，看見的是天鵝船悠閒地穿梭其間，如攤展的扇面。

得要多少畫工才能繪得成？怎樣精巧的手才能織得就？

走出井之頭恩賜公園，真覺得這樣的良辰美景宛若恩賜，卻得尋找下一個恩賜，一頓美味的午餐，在地人推薦的蛋包飯專賣店吉祥寺「ポムの木」，過過在地人的生活。已經午後兩點了，仍得排隊，約莫半小時，卻排得心平氣和，因為證明了名不虛傳。

我一直對蛋包飯興趣缺缺，小時候吃過的蛋包飯，不過就是將番茄炒飯用蛋皮裹起來，再澆上番茄醬。「ポムの木」的蛋包飯從米飯開始選擇，接著選擇要幾顆蛋，然後是配料與醬汁，手忙腳亂一陣，終於等到了我挑選的和風牛肉蛋包飯。和風牛肉醬汁潤滑柔馴，以紅蘿蔔燉煮出來自土地的根莖的甜味，一

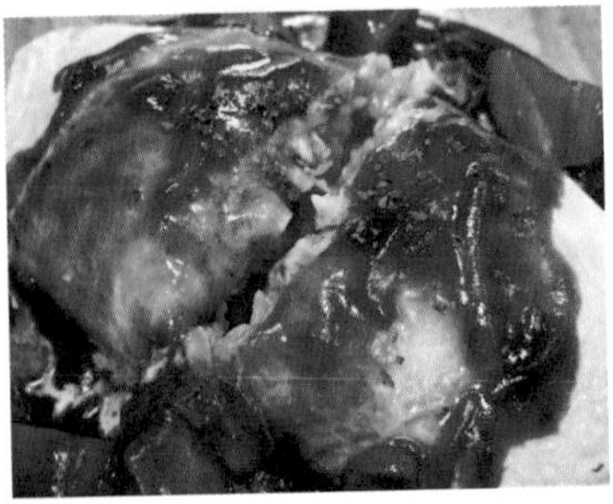

（右頁）真相大白實在美味的蛋包飯。
（上）畫不成織不就的井之頭湖水櫻姿。
（右）模型似的櫻花蛋糕。

匙下去，鮮黃色的濃稠蛋汁溢出，布滿每一顆軟硬適中的飯粒。

經過許多年，終於明白，之前完全誤解了蛋包飯啊，直到此刻，真相大白。這樣的天賜，誰能不衷心感恩？

☆

前幾年就聽說惠比壽花園廣場，是由啤酒工廠改建而成的，值得一遊，卻總是錯過。這次住在澁谷，距離惠比壽只有一站，必然要去逛逛的。

日本人不僅仿唐，也仿歐啊。他們迷戀著歐洲，有機會便要展現一下歐陸風情，不管是在動漫；在飲食衣著；或是在城市建築美學中。出了惠比壽ＪＲ東口，由電動走廊輸送到花園廣場，便看見一幢幢歐式建築，若是在此拍幾張照片，寄給朋友，說是自己去到了歐洲旅行，也很能魚目混珠的。

因為不是例假日，惠比壽花園廣場顯得空曠安靜，媽媽推著嬰兒車；女人牽著臘腸狗；上班族坐著沉思，我轉進了三越百貨公司，無可無不可的閒閒走著，就這樣遇見了「HARBS」洋果子店。

透過玻璃櫃，首先看見一個淺粉色的櫻花蛋糕，柔和地散發著光芒。我差不多是撲上前去，想看個仔細，那真的是蛋糕或是一個模型？

是真的。百分百應景的櫻花蛋糕。

每次到日本都要品嘗蛋糕，日本人所謂的洋果子。有時在小小的咖啡店，有時在服裝名牌附屬的蛋糕店，都不令人失望。因此也常建議遊日的朋友，一定要去吃「不會失手」的蛋糕。卻從沒發現過這家洋果子店，玻璃櫃冷藏的每一種蛋糕都像參加婚禮似的，盛裝打扮，令人太難取捨。

櫻花蛋糕，當然是首選。櫻花口味慕思，酸酸甜甜，櫻花香氣溢滿口腔。蛋糕表面的絳粉櫻花，如同寶石晶瑩剔透，閃閃發亮。蛋糕的內餡是紅豆，醇厚的豆泥添增了質感，不那麼如夢似幻。

舀起一杓櫻花蛋糕，配一壺伯爵奶茶，幸福的歎息。不管是仿唐還是仿歐，我知道自己可以在這裡過生活，直到老去。

到馬告數神木去。

我想像著幾百年以上的樹木，不能嚎叫也無法逃跑，
當它們截斷的肢體，從更粗壯年長的樹身滑過，這些做為路徑的神木，
是否能感受到夭折同類的顫慄與疼痛？
以及死亡時爆裂開來的濃郁香氣？

破曉之際，我看見那位拄杖而來的老人，一走一頓，他大半輩子都在飄泊流浪，一身才學與滿腔熱情，找不到一個識貨的君王，卻有三千信徒，不離不棄，他是孔子。

我看見被海風吹亂了髮的盔甲男子，他乃是浪子之子，為了父仇也為國仇，帶著成千上萬的百姓渡了海，為這片福爾摩沙帶來新的命運樂章，他是鄭成功。

我看見用酒液灌澆著心中五株柳樹的陶淵明，雪夜裡攜著陶罐向鄰居貸米去了，然而，他的臉上並無悽惶之色，是因為可以過著自己想要的生活吧。

我看見為了正義感與道德良心向皇帝諍言的司馬遷，受到宮刑大厄，九死一

（上）回首望見的靜石園景致。
（左）馬告神木遊客中心的窗景。

生，研淚水為墨，一筆一劃寫下《史記》的堅毅背影。

我看見猶抱琵琶半遮面的王昭君，大漠的風霜滿面；我看見華清池出浴的楊貴妃，仍作著醒不了的荔枝夢；我看見武則天掀開女人長久被禁絕的那道簾幕，登基為一代女皇。

我看見歐陽修，我看見成吉思汗，我看見蘇東坡，我看見王安石，我看見他們一個一個從我身邊走過，愈來愈高大，天地彷彿跟著震動起來，他們跨著巨大的腳步，一直走進森林中。

太陽升起的時候，便成了一座神木林。

此刻的我，站在馬告生態公園中，仰頭看著這幾十棵神木，因為與歷史上的名人同年誕生，也就獲得了他們的名字。在歲月中已經死去的人物，在森林中昂揚的存活著。這些所謂的神木，從四百歲到三千歲不等的紅檜與台灣扁柏，又是多麼幸運而神奇的躲過了斧鉞之刑，雷火之災，仍能新生綠葉與枝椏，在風中抖擻著精神。

初夏的馬告沁涼潤濕，我已經憧憬許久的美景，即將在眼前展開。

「大家知道馬告生態公園，為什麼叫做馬告嗎？」我們乘坐小巴，聆聽導覽志工的講解與提問。

「馬告，其實是一種山胡椒的名字啦。」正確答案公布了，引起一陣「原來如此」的小小騷動。

好幾年前就聽人說起馬告，彷彿那是個仙境，又彷彿那是很難抵達的所在。近來棲蘭、明池、神木群被包裝為「馬告生態公園」，由退輔會轉交給民間經營，規劃出交通、住宿與導覽的配套行程，還有接駁車從台北直達馬告，事情忽然變得簡單了，只要拿起電話，一切搞定。

出發時，正是梅雨季的尾聲，雨水纏綿地欲走還留。接駁車從國父紀念館出發，一個多小時便到宜蘭，稍事休息，一個多小時又到了明池。在明池山莊吃過午餐，雨勢更大一些，我們撐著傘往森林遊樂區的明池走去，過了一道古色古香的中國式門庭，白牆黑瓦，碧竹掩映，赫然進入一幅山水畫中。

這是北橫公路的最高點，一片高山沼澤區，四面被青山環抱，寧靜而清幽。池水像一片淺綠色的小湖泊，湖心建有木造涼亭，遊人踩著木棧道走進亭

（上）雨後初晴的明池宛如仙境。
（左頁）明池水畔的人鵝合奏。

中，水上的鴨子一路迅速追隨，水路、陸路一齊抵達，為的是遊人也許會餵食一些外來的食物。如果沒有這些活潑的鴨子和爭食的錦鯉，此處必然太過安靜，只宜禪修。

雨勢一陣一陣的，明池像一首朦朧詩，美則美矣，卻是語義晦澀不明。坐在木椅上等著等著，雨停了，霧氣升騰散盡，明池突然明亮起來，像是輪廓勾勒好的畫被勻上色彩，如果明池是一方硯，那麼，插在池中的紅檜枯木就是筆了。這硯與筆，既不寫字，也不繪畫，應該要譜曲。園方貼心安排了黑管演奏，就在池畔，樂音揚起，湖心的黑天鵝立即划動腳掌，

來到池邊，與岸上的演奏人來一段即興合鳴。

踏著間歇的樂音，沿著觀景步道，我們來到了靜石園，一牆之隔，一邊是枯山水，一邊是富春庭。以黑石為山的凝重，以白砂為水的靈動，霎時有置身京都之感。富春庭是利用原有的沼澤地貌，加以融整，潤澤了山色。

一枯一榮，一陰一陽，宛若一偈。

黃昏時，搭乘接駁車離開明池往棲蘭去，那也是我們棲宿的地方。據說，很久很久以前，一對泰雅族的男女相戀，男人打獵時被同伴誤射而死，女人得到消息，便抱著愛人的屍體，痛哭昏厥死去。他們死去的地方，竟然長出大樹，樹上棲生著柔美的蘭花。棲蘭的地名便是這樣來的。

前往棲蘭的路上，半睡半醒之間，我恍惚的想著，女人的愛人真的是被誤射而死的嗎？那個弓箭手會不會也發狂的愛戀著女人呢？也許是他的眼花了，也許是他的心偏了，也許是……

「看哪！好美的雲海。」一路高談闊論兼搞笑的司機，突然大聲嚷嚷起來：「要不要拍照啊？停車給你們拍照好不好？」

司機說他每天經過這裡，這樣好看的雲海倒不是常見的啊。連他自己也忍不住一張一張猛按快門。

亮白的雲，如洶湧的海浪，緩慢起伏，一下子把山吞進去，一下子又吐出來。而群山沉默，知曉許多祕密似的靜默著，包容了雲的任性與嬉戲。也像是一種愛情，沒有誰是誰非，只有苦惱、喜悅與涵納一切的平靜。

☼

棲蘭山莊的霧氣漸漸散了。

老人從他的行館披衣走出，站在廊下，眺望著溪谷中排列整齊的軍容壯盛。戴著鋼盔的每個士兵都抬頭挺胸，他們踢著正步吶喊：「效忠領袖！反攻大陸！」老人舉起手，微笑、點頭、致意。侍衛長走上前來，輕聲說：「總裁！用餐了。」老人深深吸一口山裡的空氣，轉身進屋。

布置簡樸的客廳已經可以嗅到食物的香味，晚餐吃的是「蝦龜頭、蔥炒雞蛋、蠶豆炒雞丁、苦瓜肉片、甘藍菜、小白菜豆腐蛋花湯」，蝦龜頭據說就是旭蟹，宜蘭海域的特別好吃。卻不知炒雞蛋用的可是三星蔥嗎？

置身在「蔣公行館」，他曾經眺望過的地方，往蘭陽溪谷看去，仍能見到一個個戴著鋼盔的兵丁，還在等待著反攻的號角？定睛一看，原來是一顆顆碧綠西瓜，在溪谷沙地中等待成熟。

遊伴們把握機會與蔣公銅像合影留念，因為銅像已經愈來愈少，物以稀為貴了。

沿途都是野百合，自在的綻放著。雨後初晴的早晨，散逸著藥味的醒神清香。我們準備集合，參加神木區的半日導覽。距離二十六公里，巨人般的神木；與神祇交談的神木，在雲霧中憩息，在陽光下甦醒，一座山要有多豐沛的靈氣，才能守護六十幾棵神木？曾經，在山中的旅行，偶爾見到一、兩棵神木，已是歡喜莫名；一步步走進神木區，簡直是開啟一場盛宴了。

日據時代，日本人砍伐許多最好的台灣紅檜，運回日本搭建神社，這些倖存的神木就是

（右頁）任性的雲海與沉默的青山。
（上）從蔣公行館望見的蘭陽溪谷。

「路徑」，砍伐工人在粗大的神木上綁繩索，以便運送砍下的木料。我想像著幾百年以上的樹木，不能嚎叫也無法逃跑，當它們截斷的肢體，從更粗壯年長的樹身滑過，這些做為路徑的神木，是否能感受到夭折同類的顫慄與疼痛？以及死亡時爆裂開來的濃郁香氣？

那棵唐太宗已經死去了，整株枯黃，卻仍在林中屹立不倒，或許是不甘心，在人類歷史上死了一次，還要在樹林裡再死一次。無論我們如何調整相機的角度，都拍不出神木的壯碩與威儀，乾脆把相機收進背包裡，總有些事是照片拍不出，文字寫不來，非得要身歷其境才能切實感受的啊。所以，我們才會從電腦桌前離開，關掉屏幕，走進山裡。

自知沒有那樣好的體力，我與同伴們分道揚鑣，他們跟著導覽走的是長程，我和兩個同伴選擇短程，看見的神木數量只有一半，卻有更多時間與神木盤桓。一棵棵細數著歷史名人的故事，說完袁崇煥的忠肝義膽與慘死，便想到他的兩句詩：「片雲孤月應腸斷，椿樹凋零又一秋。」這棵樹已經五百多年猶欣欣向榮啊。

數完袁崇煥便到了遊客中心，正好吃便當，喝一碗馬告魚丸湯。遊客中心四面是窗，框著山色，像是懸在森林中的，將窗戶推開，讓林間的風進來，也讓好聞的樹林氣味進來。

走長程的同伴還沒抵達，我們扯開嗓門向山裡喊著他們的名字，聲音卻被精靈收了去，一點也沒有回音。

山，顯得更安靜了。

到童年夾娃娃去。

她在我的電腦桌上看見了聖誕老人 Kewpies，
便為我蒐集到另外五個。那正是城裡最寒冷的幾天，
我的好友默默地奔波著，
她的臉上，因隱藏著一個祕密而綻放光芒。

大部分的小女孩都有娃娃，有的是布娃娃；有的是洋娃娃；有的是紙娃娃，有的是想像中的娃娃。當我小的時候，常常抱著洋娃娃睡覺，把那個碧綠眼睛，金色長髮的洋娃娃放在床的角落裡，還幫她蓋上被子。那個娃娃仰躺時便閉上眼，站起時會把眼睛睜開，當我爬上床和她玩的時候，才讓她起身，其他時候，不管是我睡著了或出門了，她都蓋著被子，閉上眼睛。

我真的那麼喜愛洋娃娃嗎？其實，或許是因為，這是我真正擁有的一件事物。

小時候，我沒有自己的空間，曾經與父母和弟弟睡在同一間房裡，後來又寄宿在舅舅家。我的故事書是和弟弟分享的；

這是我初次邂逅的小小布，模樣溫柔又慧黠。
(Blythe TM©2003 Hasbro, Inc.)

我的課桌椅是和同學分享的；我的書包時時可能被老師或父母翻動檢查；我的日記本裡常有母親改錯字的批閱紀錄，只有這個洋娃娃，專屬我自己一個人。

沒人對它感興趣。

我會把祕密說給她聽，她肯定能替我保守祕密，因為她不會說話，讓我很安心。那時候已經出現了按個鈕就能講話的娃娃，但我總擔心它們有一天會突然爆出什麼祕密。還是我的娃娃最好，永遠安靜等候我回家。

進入青春期之後，我對一切娃娃失去興趣。可能是因為一扇心靈之門被開啟，藉由創作與閱讀，我不再需要娃娃的陪伴和聆聽。我的世界不斷在改變，而她那一成不變的臉孔，給我一種很憂傷的感覺，我和娃娃告別，進入了大人的世界。

☼

有人說，小女孩喜愛娃娃，正是要為將來成為母親做準備。成為母親之後，真的擁有了自己的娃娃，就不再喜愛洋娃娃了。那麼，像我這種長大後沒能成為母親的女人，與娃娃更是一點關連也沒有了。

我就這樣度過了二十歲、三十歲、四十歲，常聽見身邊許多朋友對某個玩偶或動畫人物動情：「真的好可愛，好可愛喔。」而我毫不動心，只是保持著禮貌的距離，微微笑著。直到那一天，某時尚女性雜誌約了我做專訪，我隨手翻動著雜誌，突然，漫不經心的手指停住，我停留在那一頁，一個價值十幾萬元的名牌包，繫上一個小娃娃。比例完全不合的大頭與大眼，精緻的五官，纖細的、小小的身體上，穿著剪裁合宜的美麗紅外套。她的黑色長髮濃密，臉上有種似笑非笑的神情，慧黠而靈巧，這是我初次與小布（Blythe）照面。

像是著了魔似的，我總牽掛著那抹微笑，於是，去香港旅遊的時候，由朋友領路，買了可以掛在包上的小小布，以及一個特別版的，約三十公分高的小布。這個美麗的小布可以更換四種不同顏色的眼瞳，有時正眼看人，有時斜眼看人。當她正眼注視人，感覺好純真；當她斜著眼看人，表情好豐富。我仔細觀看著這個娃娃，清楚明白，她絕不同於小時候的那些娃娃了。我完全沒有將她擁抱入懷的衝動，就算勉強抱進懷裡，也明白她不屬於我，不屬於任何人。她就是她自己。

（上右）用小布裝扮的聖誕樹，令人讚歎不已。
（上左）瓊花的小布們是幸福的娃娃，有許多美麗的衣裳。

（攝影◎莊瓊花）
(Blythe TM©2003 Hasbro, Inc.)

孩子們也感受到這種疏離，我曾將小布帶到孩子之間去，只有少數幾個古靈精怪的女孩喜歡她，大部分的孩子都有些抗拒：「好奇怪的娃娃喔！好可怕的娃娃。」小布依然是那種似笑非笑的神情，大眼睛一轉，偏著頭瞧人，帶幾許睥睨與不屑。

她沒有燦爛的笑容，沒有楚楚可憐的表情，也沒有芭比那樣傲人的前凸後翹，她只具有女性的雛形，發育不良的樣子。「是妳自己要喜歡我的，我也沒辦法。」她一點也不討好人。

誰會在什麼時候遇見小布，愛上小布，都是註定的，無可逃避。皇冠雜誌主編瓊花帶著相機來訪問我，初次與小布會面，評語是：「這個娃娃好詭異。」「雖然詭異，但是很上相呢，怎麼拍都好看。」我努力替小布講好話，其實根本就是多餘，瓊花的鏡頭對準小布之後，幾乎就沒離開過。她很快的墜入熱戀，集結了一個又一個小布，不同髮色與年分，不同造型與類型，成立了部落格，為小布裁製各種美麗的衣裳。短短幾個月，我已經望塵莫及，只能讚歎而已。

不久之後，我在百貨公司的超市裡發現了盒娃。一組五、六個造型不同的小娃娃，裝在一個個小盒子裡。買的時候並不知道自己手中的會是哪一款，於是，多了點懸疑和期盼的樂趣。

聖誕節前我在超市裡找到一組可愛的Kewpies（邱比特諧音）娃娃，穿上跳跳馬Rody衣裳的變裝系列。身邊的朋友說：「選一個吧，算是我送妳的聖誕禮物。」隨意抽了一盒，打開之後才發現，是打扮成紅衣、紅帽，掛上白鬍鬚，還背著禮物袋的聖誕老人。果真是個聖誕禮物。而我仍貪想著另一款粉色衣裝像棉花糖一樣柔美可愛的Kewpies，如果再去抽一盒，能不能順心如意？

Rose O'Neill玫瑰歐尼爾，這位一八七四年生於賓州的美國插畫家，是Kewpies的媽咪。她有個羅曼蒂克的書商父親，從小家裡書滿為患，書多到可以當成椅子坐。父親認為人的一生毋需做任何事，「只要讀詩與愛人，就足夠了。」自幼照顧弟妹的玫瑰，總覺得照顧他人是自己的責任，也從其中獲得安全感與喜悅。終其一生，她都擔任著照顧者的角色。十六歲那年，用男人的筆名成為專職插畫家，在照片還不普遍的那個年代，她用畫筆勾勒出輝煌的圖象，滿足人們對他人生活的美好想像。她畫了又畫，不斷寄錢資助家裡，終於蓋起了共有十四個房間的大豪宅。

一九〇九年聖誕節她畫出了Kewpies，進入富裕的生活，買了許多房子，庇護許多落魄或尚未成名的藝術家，讓他們住在她的房子裡，供養著他們。「願得廣廈千萬間，大庇天下寒士俱歡顏。」她心中也有著這樣一首歌嗎？

如果Kewpies是她寫的詩，那麼，愛人這件事又如何？

一八九六年她嫁給心愛的男人，進入了一場災難，這個貪得無厭的男人，會在她的發薪日，領光全部的錢，連車錢都不留給她，讓她冒著風雪走路回家。這段婚姻持續五年才離異，身心俱疲卻仍保留著對愛的信仰，她再次說出愛的誓言，進入另一段五年的婚姻。第二任丈夫是個情緒化的男人，無法忍受她夢幻似的生活（更無法忍受的或許是她的耀眼光環與名氣吧）。她絕對有能力愛人，也有強烈的欲望要愛人，卻只是失敗。這個沒能成為母親的女人，創造了像邱比特一樣可愛的娃娃，呼喊著愛。

聖誕節那天，我收到一個禮物包裹，是一整套的Kewpies變裝系列，除了我想要的粉色棉花糖，還有雪人和麋鹿，以及綠色的愛滑雪與橘色的吃蛋糕娃娃。總共六個，全員到齊。這是好朋友Jia的心意，她在我的電腦桌上看見了聖誕老人Kewpies，便為我蒐集到另外五個。那正是城裡最寒冷的幾天，我的好友默默地奔波著，她的臉上，因隱藏著一個祕密而綻放光芒。

我的工作夥伴Wendy將英文翻譯成中文，為我講述了玫瑰歐尼爾的生平故事，說她在一九四四年貧困的死去。我愣了一下，請Wendy再說一次，「當照片大量使用取代插畫，她的榮景不再，一幢幢房子出售了，最終，她貧困的死去。」不斷的資助他人，為他人付出，給予大量的愛與金錢的玫瑰，慷慨的給出一切的玫瑰，她的人生不可能只剩下貧困而已。或許沒有錢，但我相信她是個非常富足的女人。

我的生活依然不斷的變動著，而此刻，當我看著這些娃娃一成不變的臉孔，卻不再感覺憂傷，反而獲得了療癒。被遺落在童年夾層中的娃娃，似乎也在提醒我，人生不必追求成就，讀詩與愛人，已是最大成就。

(上)聖誕三使者，
聖誕老人、麋鹿和
雪人。
(下)棉花糖、吃蛋
糕與愛滑雪，都是
快樂的事。
(©Rose O'Neill Kewpie ×Rody)

到舊書店轉世去。

一本書若有機會流通，才能擁有更多的讀者，
在一次又一次的轉世中，是值得慶幸的。
每一段情感都得之不易，就算不是符合心意的愛情，
也可能發展出別樣情感，不必選擇逃離。

等了十多年，好不容易等到大學裡的一整年休假，鎖上研究室，難得有機會回到學校去。過完新年，返回研究室，看見了一包郵件。並不熟悉的寄件地址，才拆開便跌出兩本書，落在研究室柑橘色沙發上。是早已經絕版的，我最初的短篇小說集：《海水正藍》與《笑拈梅花》。我闔上眼，彷彿逃避著歲月的灰塵。

再睜開眼，仔細看著，那都是希代版本，一九八八年三月第四十五刷的《海水正藍》，一九八八年八月第三十四刷的《笑拈梅花》。一九八八這一年，我已經出版了兩本書，也寫下了出版界的一些嶄新紀錄，那是個股票衝破萬點，台灣錢淹腳目的年代；也是個追求優雅和美感，人

人都愛閱讀的年代。

寄書給我的是一位僅有數面之緣的詩人教授，從他的城市裡封緘，內附一張紙條：「這兩本書是在古董店買的，是妳早年成名作，寄給妳典藏（雖然舊了些）。」

我輕撫著淺綠與湖綠的兩本書皮，歷經二十幾年歲月，怎麼能不舊？它們曾被閱讀；曾被收藏；曾被轉贈。或許飄流在不同的城市裡，或許曾是某個人表情達意的媒介；或許曾被人帶在背包中旅行；或許曾有人一邊翻動書頁一邊落淚；或許有人在字裡行間讀到自己的心事而驚詫……最終，它們回到我的身邊，靜靜躺在書桌的一角。

嗨！我們又遇見了。我對過去的自己說。

✡

少女時代，我很喜歡逛舊書店，因為新書的價錢對我來說是不小的負擔，如果可以買到自己喜歡的舊書，真是物超所值。光華商場還沒被「數位化」的時候，就是我們淘寶的好所在。一小間一小間的舊書攤，狹仄的

(上)舊書店裡閱讀的孩子。
(左頁)舊書店裡靜定的佛與行走的人。

空間裡，各式各樣的書從書櫃頂端堆到地板上，我和同學要找的，通常是老師或媽媽年輕時讀的小說，都已經出版了二十幾年，依然具有深深的吸引力。

舊書攤總瀰漫著陳舊紙張油墨的氣味，灰塵與發霉的氣味，有時候令人噴嚏打個不停。這是書籍的轉運站，就像是打尖的旅舍，趕快出清存貨，才是最重要的事。老闆坐在高高的椅子上，指揮全場，告訴客人哪一排可以找到某一本書，並不附贈親切的笑容。

「這本只有我家有賣。十塊錢！」

「這一本八塊錢！你揀到便宜啦！」

「都已經賤賣了還殺價？作家都要自殺啦！」

我記得有個大嗓門老闆，整個書攤都是他的吆喝聲。喊到「作家自殺」這一句，擠在書攤裡的顧客，都輕聲的發笑了。

那時候我並不知道自己將成為作家，卻也對「賤賣」、「作家自殺」這些關鍵詞印象頗為深刻。

幾年後我出版了自己的書，一直沒心理準備，這些書有一天都會進入舊書攤的。

約莫也是在一九八八這一年，我和一個朋友去舊書攤找上課用的教材，他忽然指給我看，一排書架上，我的兩本書。而我的臉色在瞬間改變了，「賤賣」、「作家自殺」這些字眼敲擊著腦袋，令我相當沮喪。我像逃難一樣的逃出那個舊書攤，逃離光華商場。後來很長一段時間，都不再逛舊書攤了。在我單純而偏執的認知中，被買下的書就該被收藏，會在舊書攤出現的書，是不被珍惜，遭到拋棄的書。

有一次偶然到那個朋友家作客，無意間看見他書房的一個紙箱裡，全是我的舊書，十幾二十本，從不同的舊書攤買來的。他是為了不讓我看見這些舊書，才四處蒐購的嗎？我怔怔地看著，心中百轉千迴，眼淚就這麼洶洶而至了。於是，他手足無措的看著我又一次逃離，這一次，我逃離的並不是自己的舊書。而是因為我忽然明白了他的情意，那沉默的、體貼的心思，是我無以為報的，我只好遠遠的逃開。

對於自己的書與自己的愛情，原來，我的看法都曾是那樣的狹隘膚淺。

☼

許多年過去，有個二十歲的大學生，欣喜若狂的帶著他從舊書店買到的《海水正藍》給我簽名，翻開版權頁，指著初版年分對我說：「我就是這一年出生的，跟《海水正藍》同年。我一直在找這本舊書，找了好久，還好，終於在舊書店找到。這是我送給自己的生日禮物。」我一邊對他說「生日快樂」，一邊微笑著為他在扉頁簽名。望著他將書捧在胸前，開心的離去，我發覺自己發自內心的喜悅，沒有一點惆悵感傷。還好，有舊書店，我在心裡想。

於是，曾有過的芥蒂消失了，我開始注意街上並不常見的舊書店。到永康街閒逛，並不停留在當時人聲鼎沸，現在已經歇業的「冰館」，而是拾級而下，鑽進了如今也已結束的「地下階」二手書與CD店。地下室空間很大，一改過去舊書攤的侷促印象。

還沒下樓之前，我會停在入口處，瀏覽暢銷書架上平放的書籍，有時看見自己的書，乾淨平整的擺放著，竟覺得欣慰。就像是到另一家著名的舊書店「茉莉」去，發覺他們也像新書店那樣將書籍分類，便很想知道自己的書會歸在哪一類？不會在純文學的區域，那是當然；也不希望擺放在「言情小說」或「羅曼史」那一區域，然後，我看見自己的書一整排，整齊的擺放在「大眾文學」第一層。頓時，一股知己之感沛然而生，這正是我希望的定位。創作與研究二十幾年，從不認為「大眾文學」是媚俗或自甘墮落，我深切明白它的價值。

看著自己的書，和其他作家的書，一綑綑的，有些還未經整理，置於角落；有些已經整理分類好，安放在木製書架上，我知道，能夠進入舊書店的書，是很幸運的。

(右頁)居住在大眾文學第一層。
(上)女孩翻閱的彷彿是盛唐的歲月。

✡

我的朋友Wendy是個愛書人，她寄給我一張舊書店的照片，在一瓶桃枝旁，兩個女孩翻閱刻本書的側影。春天的陽光從窗外照進來，空間裡播放著南管古調，女孩青春的臉龐，專注的神情，翻閱的彷彿是盛唐的歲月。

我看得癡了，忍不住也去一探究竟，那是在萬華龍山寺旁的古董舊書店「莽葛拾遺」。百年的閩式建築物，井然有序的安放著黑膠唱片、CD、舊書與古董。有人站在書架旁閱讀；有人點杯咖啡喝；有人專注凝視著古建築的門窗，而我抬頭看著木製的屋頂橫梁與懸掛的菜瓜乾，捨不得離開。

在層層疊疊的舊書中，看見不久前過世的女作家的文集，翻著已經發黃的書頁，我想，當有人買下它開始閱讀，這本書便得以轉世，女作家也得以被認識、被體會，又活一次。而每一本書在舊書店，等待的不都是再一次的投胎轉世嗎？當它們被取下來，輕輕翻開，當它們感受到閱讀的氣息。

對於自己的書與自己的愛情，我的想法也很不同了。一本書若有機會流通，才能擁有更多的讀者，在一次又一次的轉世中，是值得慶幸的。每一段情感都得之不易，就算不是符合心意的愛情，也可能發展出別樣情感，不必選擇逃離。

人生其實是一片莽葛交纏的道路，粗糙多刺，令我們傷痕累累，然而，在那雜草叢生之處綻放的美麗事物，往往使我們忘卻了創痛與焦煩，憂慮和疲憊。哪怕只是被遺忘了的一朵小花，注視著它，便覺得今生再無追求，也無遺憾。

到世博會排隊去。

我願意更多人看見台灣的美好與熱情及夢想，
諦聽台灣的心跳聲，舒緩而強壯。至於我自己，不是一直生活在其間嗎？
第一聲嬰啼在這裡，最後一口吐氣也會在這裡。

「妳要去世博？我幫妳找世博專用的出租車吧。」飯店服務員很熱心的到接待櫃檯打電話叫車。

我知道為了迎接世博，上海增加了大約四千輛嶄新的計程車，可以直達世博入口，又不加價，確實是貼心的好服務。

出發來上海之前，不斷有人問起：「除了去復旦上課，妳會去世博逛一逛吧？」

當然要去逛逛的啊。不然怎麼會安排出九天的假期呢？只是，自從世博開幕以來，從媒體上看見的畫面那樣驚悚、混亂，令人有些卻步。

然而，這是空閒的一天，早上起床看見窗外陰霾的天氣微微透一些陽光，我和同伴交換了一個眼神，嗯，這似乎是個適

（上）頗有童話趣味的俄羅斯館。
（左）鄉下農民也參與的西班牙館。

合排隊的好天氣呢。

「要不然，我們就去排排看吧？」我提議。

排，是肯定要排的，至於能不能看得見？就很難說了。就算進不了展館，看看外觀也是值得的吧。

一九〇二年梁啟超在小說〈新中國未來記〉裡勾勒出世界博覽會在中國的樣貌：「各國專門名家大博士來集者不下數千人，各國大學學生來集者不下數萬人。處處有演說壇，日日開講論會，竟把偌大一個上海，連江北連吳淞口連崇明縣，都變作博覽會場了。」不僅是科技或工藝的展現，更是知識的聖殿。

一九〇五年譴責小說作家吳趼人發表《新石頭記》，虛構賈寶玉再度入世，親身參與了世博盛會：「此刻的上海，你道還是從前的上海麼？大不相同了。治外法權也收回來了，上海城也拆了，城裡及南市都開了商場，一直通到製造局旁邊。吳淞的商場也熱鬧起來了，浦東開了會場，此刻正在那裡開萬國博覽大會。」

一九一〇年陸士諤的幻想小說《新中國》，敘述了：「宣統二十年，開辦內國博覽會，為了上海沒處可以建築會場，特在浦東闢地造屋。那時，上海人因往來不便，才提議建造這橋的。現在，浦東地方已興旺的與上海差不多了。中國國家銀行分行，就開在浦東呢！浦東到上海，電車也通行的。」

二〇一〇年，橫跨浦東浦西兩岸的世博會真的舉行了，不是未來的幻想；不是小說主人翁的南柯一夢，是如此真實的存在。

世博專用出租車溫馴的在酒店前停下，服務員為我們拉開車門，一股乾燥、涼爽而清新的氣息，撲面而至。

百年來的世博夢啊，我輕巧的跨入。

☼

因為住宿在浦西，便選擇了西藏南路的二號出入口，那是通往企業館的D片區，比較冷門的館區，進入會場時完全不需要排隊。一群大學生志工幫忙檢查隨身物品，他們穿著綠白相間的制服，臉上帶著可親的笑容，相當有禮貌。被暱稱為「小白菜」的這群大孩子，據說來自各大學的甄選，他們不用再去學校上課，也不必參加期末考試，因為對世博的貢獻，將會高分通過。不管在世博的哪個角落，都能看見「小白菜」殷勤的為旅客們指點迷津。他們的教室就是世博會，多麼豪奢的學習。

(右)進入中國館之後才能看見的角度與輝煌。
(下)沙特館裡全世界最大的IMAX影院。

從企業館搭乘免費接駁車「越江線」，穿越新開的江底隧道就到了熱門的A片區，亞洲館區有造價最高的沙特（沙烏地阿拉伯）館；造型十分宏偉的中國館；充滿創意與活力的台灣館；長得像紫蠶的日本館……

上海的朋友熱心幫我想方設法，她說：「中國館跟著上海的旅行社走，沙特館得多花點錢走貴賓通道，至於日本館和台灣館，是一點辦法也沒有的。」就這樣，我的行程大致底定了。

從日本館外排隊的人龍旁邊走過，天上的雲層逐漸稀薄，陽光愈來愈燦亮，我一層又一層抹著防曬霜，聽說他們得排上四個鐘頭。

更長的人龍是沙特館拉起的排隊路線，「由此進需排隊八小時」的字樣貼在柱子上。於是，我便對於用錢買來的「貴賓通道」更加充滿期盼了。這可是造價十三億人民幣的天價之館啊，聽聞闊氣又豪氣的沙特國王說了，世博辦完之後這座館就當成禮物送給中國人民了。

下午四點鐘，我準時出現在沙特館貴賓通道入口，與上海旅行社的人員碰面了，他們整天獃在園區，為的就是提供類似的服務。「去過台灣館嗎？還真是不錯啊！雖然吃不到，卻能聞到夜市的香味。台灣果然是好山好水，特別熱情。」旅行社的人滔滔不絕的說著，經驗老到的導遊帶著新進的實習生，準備迎接七、八月真正的世博高峰期。

在某個幽微的時刻，我發現自己已經進了「貴賓通道」，由面無表情的館內人員引導，上了電梯，從一扇類似安全門的通道一出去，便匯入館內的排隊人龍中，直接進入名聞遐邇的ＩＭＡＸ電影放映室。

站在電動步道上，長九十一公尺、寬四十七公尺、高二十公尺的屏幕從觀眾腳下延伸到頭頂，半球形包覆著步道上的人們，乃是全世界ＩＭＡＸ電影屏幕之最。配合畫面而播放的立體音樂時而將人捲至天空；時而將人擴進海底；時而俯視城市裡熙熙攘攘的人群；時而將人置放在廣袤空寂的沙漠中。

抬頭、低頭、左顧、右盼，都是色彩斑斕的影像，畫面一個大迴旋，竟有翻天覆地的錯覺，觀眾不時發出驚呼與讚歎。將近十五分鐘的視覺震撼裡，我感受到了科技的開天闢地之功。

出了沙特館，在園區裡隨意坐坐，等待六點半的另一場預約，中國館。

穿梭園區裡的人，還是以中國人居多，洋人少之又少。但是，這樣遼闊而整潔的場地，卻是我在中國旅遊二十年來之首見。沒有人抽菸；沒有人吐痰；

沒有人拋棄果皮紙屑。當我排隊等待搭乘越江線接駁車，車門剛開，一個年輕女孩便插隊擠到我前面，我毫不客氣地說：「不要插隊喔，小姐。」女孩立刻轉身走到隊伍後面排隊。

世博像一個試驗場，試出了市民最高品質的可能性。

雖然辦好預約，自門口蜿蜒排隊到進入中國館，還是需要將近一小時的時間。從不同角度觀察著這幢巍峨矗立的建築，赫然發現它原來是個「華」字，中國文字還能化為建築，真正的文化創意產業啊。暮色籠罩，紅色展館點亮了燈，益發顯得鮮豔壯麗。

最令我迫不及待想一睹為快的，當然是活起來的「清明上河圖」。長一二八公尺、高六公尺的「清明上河圖」，被一道光影瀲灩的河道隔開，凹凸不平的屏幕上，每個人物都是活生生的，過著日常的生活，挑籃叫賣的小販；騎在驢上被漢子拉著走的婦女；追逐嬉戲的孩子；閉門苦讀的書生，不一會兒，天黑了，街上的、屋裡的、船上的燈明晃晃的點燃了。夜生活仍在持續，呼嚕嚕

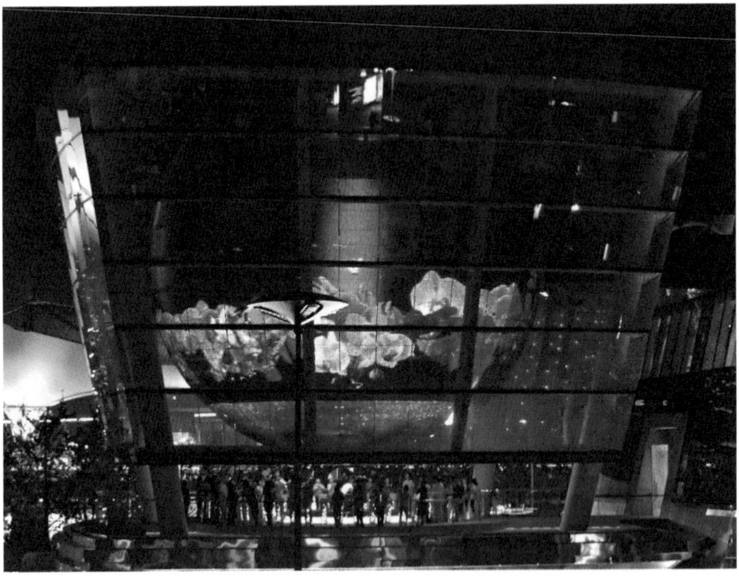

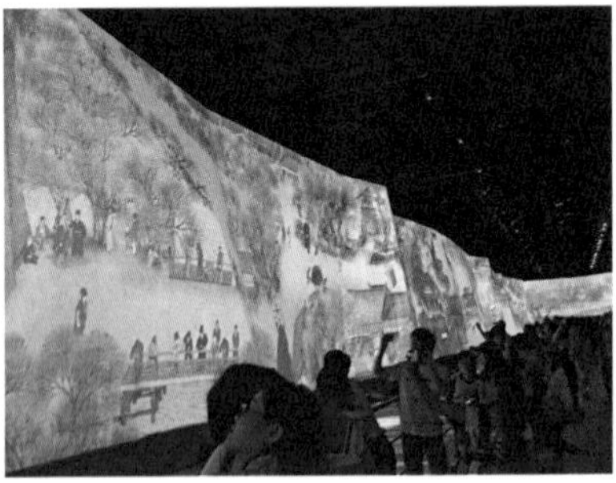

(上)入夜之後的台灣館煥發著虔誠的光芒。
(右)活起來的清明上河圖引得觀眾如癡如醉。

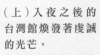

吃麵的；嘩啦啦聚賭的；嘻哈哈看水燈的，四分鐘，一天過去了。

從小看著這幅畫，揣摩著畫中人物的姿態與身影，如今，像是具足了某種神奇的因緣，五百個人物就這樣復活了。我看著他們，他們也看著我。不管是如何的難捨難離，還是被人潮推擠著，離開了春光正好的汴京。

出了中國館，已經是晚間八點了，台灣館的巨型天燈，正溫柔點亮，玻璃天燈造型裡有一顆大圓球，變幻著不同的影像，有時是雲門舞者；有時是剪紙；有時是豔麗的花卉，天燈下參觀的人們仰起臉，被光亮映照的面容，煥發出虔誠的喜悅。我知道自己是進不去的，卻一點也不遺憾，我願意更多人看見台灣的美好與熱情及夢想，諦聽台灣的心跳聲，舒緩而強壯。至於我自己，不是一直生活在其間嗎？第一聲嬰啼在這裡，最後一口吐氣也會在這裡。

後來又找了一天再進世博，觀賞了歐洲區的建築，豬鬃刷子似的英國館；中國農民編織席子組成的西班牙館；白色大碗的芬蘭館；童話城堡般的俄羅斯館……離開上海的時候，坐在出租車上，一面又一面「世博歡迎您」的旗子在風中飄揚著，我有種恍若隔世的感受。

輕巧跨入之後，卻永遠也跨不出，我的世博夢。

到英倫當行人去。

我們停下奔波的腳步，聽著一首又一首樂曲，緩慢的品嘗簡單的三明治，
看著不遠處坐在桌邊的老人，微笑的啜飲紅酒。享受著死亡來臨之前，
充滿活躍愉悅的生機。我們多麼渴望活著，卻又那麼戀慕死者。

十幾年前去過倫敦，當時，歐洲之星剛通車不久，我和情人相約，由各自所在的城市飛往倫敦，幾天之後，再搭歐洲之星去巴黎。除了「大英博物館」的行程，以及繁複豐盛的英式下午茶，其他的印象都很模糊。可能因為焦點都落在彼此身上吧，聚少離多的遠距戀愛，讓我們學會在思念中安靜等待，一旦相見，便覺得對方的每一個細微動作都那麼值得凝注與玩味。

塗抹果醬的專注；喝茶時抿嘴的笑意；行走在博物館的腳步與姿態，等等。

曾經，走過倫敦街角時，情人正訴說著他對我的深刻感受，我意亂情迷的問：「真的嗎？」他沒有回答，而抬起頭，我

們正經過「信不信由你博物館」，「Believe It or Not」的招牌閃閃發亮，於是，我們會心一笑。

那時候，兩個人都很忙，沒時間做旅行的功課，也不是自由行指南書盛行的年代，看見搭地鐵還得分區買票，票價各不相同，立刻打了退堂鼓。在倫敦的行動，都以計程車代步。

這一次，同伴們將交通狀況搞得一清二楚，我們想去的景點都在同一區，因此，買了Oyster七日券，只需二八．八英鎊，可以不限次數搭乘地鐵和巴士，若以地鐵單程需四英鎊來計算，真是相當經濟實惠的。

不僅運用Oyster七日券在倫敦通行無阻，還參加了露天巴士的Sightseeing Tour，以及行駛於泰晤士河的River Boat，在交通工具的轉換中，不亦樂乎。

夏日倫敦的夜來得遲，到了晚間七、八點，仍是明亮如初曙。當我從地鐵站鑽出來，站立在相當繁華的皮卡迪里圓環（Piccadilly Circus），那座高聳的愛神雕像依舊以飛騰的姿態佇立著，而我知道，他的箭再也無法射穿我，因為我已經在歲月中練就一身躲避的好技巧。「Believe It or Not」的看板點亮了，再次鮮明的相遇，我發覺，自己不再是憂傷的英倫情人，我只是個享受自在生活的，英倫行人。

到號稱「世界第一知識寶庫」的大英博物館去，看著那些木乃伊仍乖乖猷在華美的金棺中；踩踏著地底的許多墳墓進入西敏寺，參加每小時都會舉行的一分鐘祈禱儀式；從露天巴士上張望特拉法加廣場，想像著除夕夜成千上萬

倫敦人的聚集；隨著洶湧人潮走向大鵬鐘，確定自己真的置身於倫敦。這些都是觀光客的必遊景點，做為一個英倫行人，我更想要的是靜止下來的時刻。

走出陰暗的、謀殺的、某些靈魂仍未真正安息的西敏寺，來到中庭花園，剛剛下過驟雨，緊接著又是太陽的烘烤，微微潤濕的草地上，坐臥著許多人。前方搭起的棚架下，有一支樂隊，穿著正式的禮服，演奏音樂劇名曲。僅僅是一個迴廊之隔，這裡笑語盈盈，暖和舒適。我們停下奔波的腳步，聽著一首又一首樂曲，緩慢的品嘗簡

（右頁）特拉法加廣場總是聚集許多人潮。
（下）從倫敦眼俯瞰大鵬鐘與國會大廈。

單的三明治，看著不遠處坐在桌邊的老人，微笑的啜飲紅酒。享受著死亡來臨之前，充滿活躍愉悅的生機。

我們多麼渴望活著，卻又那麼戀慕死者。

尤其是八月份行走在英倫，很難不想起一九九七年八月三十一日，被死神奪走的黛安娜王妃。

倫敦繁華的攝政街（Regent St.）一家服飾店櫥窗裡，放置著一大疊舊報紙，最上面那一份是一九八一年二月二十五日的頭版頭條，白金漢宮在前一天正式宣佈喜訊，黛安娜將和查爾斯王子結婚。尚未滿二十歲的黛安娜清麗嬌羞，傾斜著頭露出璀璨的笑容，纖長的無名指套著一只碩大的寶石戒指。查爾斯王子站在她身後，雙手捏住她的肩，露出同樣開懷的笑意。標題用斗大的字體引述這位Lady Diana Spencer的話：「I'VE SO MUCH LOVE TO GIVE！」她不只可以付出許多愛，也需要許多愛。

五個月之後，她嫁入皇室，成為黛安娜王妃，卻沒能得到丈夫真心的愛，而那王妃的頭銜正像是查爾斯捏住她的雙肩那樣的，鉗住她短暫的人生。

黛安娜最後一樁情史，與哈洛德百貨（Harrods）小開多迪的戀情，因為一場猝不及防的車禍，雙雙身亡。多迪的父親始終堅信這是一次殘酷的政治謀殺，並用自己的方式紀念這兩個「無辜的受害者」。

七夕情人節那一天，我經過哈洛德百貨的黛安娜與多迪雕像前，突然省悟到，這便是英國人的牛郎織女了啊。因為他們一同死去，也就成就了永恆的愛情。

☆

逛市集總能點燃旅途中的火花，無論你的旅伴有什麼樣的興趣、愛好，肯定可以在歐洲露天市場裡找到樂趣。只有週末開市的波特貝羅路跳蚤市場（Portobello Road Market），據說是全歐洲最大的古董跳蚤市場，從地鐵走出來，不必詢問方向，放鬆心情，跟著人潮流動就對了，「潮流」會把你帶到市集裡。綿延好幾條街，讓淘寶的人尋找有年歲的老東西；也讓街頭表演者有個觀眾擁擠的舞台；更豐富的品項是生活雜貨以及各類食材與熟食。

短短兩、三個小時，天氣變化好幾次，忽而豔陽高照，讓我們忙著抹防曬乳，才走幾步，下起傾盆大雨來，趕快撐起雨傘，約莫十幾分鐘，便又是明晃

（上）露天市場裡的沙拉與小菜，令人食指大動。
（右）露天市場中好吃的海鮮飯。
（左頁）英國的牛郎與織女。

晃刺眼的陽光。

有時我從有棚頂的商店走到戶外，手中的傘還滴水呢，卻是一片耀眼陽光，連馬路上的水分也蒸發得差不多了。我於是明白，小時候看英國電影裡的紳士，常常戴頂帽子，穿件風衣，拿把雨傘，確實是考慮很周詳的啊。我從街邊的櫥窗裡看著自己的帽子、風衣和雨傘，忍不住笑了起來。

蔬果菜攤擺得乾淨漂亮，沒有潮濕的水氣，綠色蔬菜、黃椒和鮮紅番茄，擁擠排列著像準備放學的小學生，朝氣蓬勃；色彩繽紛的沙拉與小菜浸泡著橄欖油，盛裝在木桶裡，每一種都散發誘惑。當我們看見巨大的平底鍋烹煮著色彩豔麗的海鮮飯，發出濃烈的、番茄與新鮮海味，唾液大量分泌，忍不住停下腳步，等候光頭廚師翻攪著他的兩鍋飯，另一鍋是香味撲鼻的雞肉飯。

鍋中的湯汁愈來愈少，米粒愈濃稠，聚集而來的人愈多，情勢也愈緊張。所幸，順利的買到了火候已足的雞肉飯。除了雞腿肉，還可以吃到入口即化的蠶豆，充分吸收了雞肉的甘香，甚至比雞肉更美味，迷迭香適時融入溫和口感，在等待海鮮飯的時候，確實能夠撫慰人心。

吃完雞肉飯，海鮮飯也大功告成，白蝦、花枝、孔雀蛤，配上生鮮番茄丁，將起鍋時灑上翠綠豌豆，還沒入口，已經被色彩收服了。

露天市場是有趣的，卻不夠細緻，如果想要感受一下貴婦的品味，就該去哈洛德百貨，領會古埃及的王者之風；或是有兩百年歷史的王室御用紅茶店Fortnum&Mason，挑選送人自用兩相宜的茶、果醬與糕點，提著比第凡內藍更淺一點的藍色購物袋，也是一種合宜的招搖。

☆

該買的買了，該吃的也吃了，然而，每天晚上依然要回到皮卡迪里圓環，穿過音樂劇的劇場街，從《歌劇魅影》、《悲慘世界》的看板下走進中國城。

最吸引人的永遠是港式燒臘店玻璃櫥窗中懸掛起來的烤鴨，一隻隻肥胖樂天的鴨子，油亮油亮，老外擎起相機拍個不停。我走進最喜愛的「海外天」，先來一盤三拼，再來一碟芥藍，跑堂的招呼熱切卻不黏膩，招他續個熱水，他連茶葉都換了新，已經吃得心滿意足，竟還有誠意十足的水果與甜湯。舀起紅豆、綠豆與薏仁燉到將化未化的甜湯，真是對於疲憊行人最溫存的款待了。

天色漸漸暗下來，揮手攔下平均三分鐘就來一班的紅色雙層三十八號巴士，讓它載著我返回維多利亞（Victoria）的旅館，發覺自己似乎已經可以在倫敦過生活了。

在一種安逸鬆弛的情緒中，我提醒自己，情人必須要安定；行人總得往遠方出發，那麼，明天，到劍橋去吧！

到黃浦江做夢去。

我著迷於天色漸暗，外灘建築一齊亮燈的輝煌，
也喜愛坐在窗邊，等著入夜之後，
外灘建築的燈光一齊熄滅，於是輕輕說聲晚安，也進入我的夢。

我到北京出席藝文活動，約了年輕作家朋友見面，大家聊得開心，直到夜幕低垂。走出餐廳，六月底的北京是涼爽的，嚴酷的燠暑還沒到來，很適合一段睡前的散步。

朋友與我並肩走著，試探地問：「其實，妳是比較喜歡上海，甚於北京的，是吧？我認識的很多台灣朋友都是這樣的。」

我微笑著，沒有回答。

是因為台灣與上海都屬於南方嗎？被許多水流環繞著，有一種類似的婉媚與潤濕？還是因為上海聚集了太多台灣人，故而充滿台味？曾經有做生意或是從事藝文活動的朋友對我說：「有些朋友在台灣老

已經輝煌一百多年的外灘
依然閃耀。

遇不到，結果到了上海，反而不期而遇。你說妙不妙？」

台灣人對上海的熟悉感，也可能與《上海灘》這套港劇有關。當年的周潤發一頭往後梳齊的油亮黑髮，那樣倜儻瀟灑；當年的趙雅芝，兩條辮子垂在胸前，那樣靈秀清麗。播映時間一到，家家戶戶傳出主題曲，風靡程度僅次於《楚留香》。多年後，我和朋友來到外灘，一邊是壯觀的百年建築，一邊是不舍晝夜的黃浦江水，朋友輕輕哼唱：「浪奔浪流……」我忍不住加入，一起合唱：「萬里滔滔江水永不休，淘盡了世間事，混作滔滔一片潮流。是喜是愁，浪裡分不清歡笑悲憂，成功失敗，浪裡看不出有未有。」

兩個台灣中年人，站在百年上海灘頭，用廣東話唱著年輕時的歌，不禁有些泫然欲泣，心中莫名的洶湧著。

有人在此一敗塗地，身毀家亡；有人在此平地崛起，呼風喚雨。

上海，總是引領潮流的地方，也是混雜了太多成功與失敗的地方。

而我，只想在此，做一場安穩的眠夢。

☆

上個世紀末，到上海去做宣傳的時候，曾經入住一家靠近外白渡橋的老旅館，設備儘管陳舊，卻有很好的窗景，恰好望著外灘的百年建築。我著迷於天色漸暗，外灘建築一齊亮燈的輝煌，也喜愛坐在窗邊，等著入夜之後，外灘建築的燈光一齊熄滅，於是輕輕說聲晚安，也進入我的夢。

「頭枕著上個世紀的繁華舊夢，腳踏著下個世紀的奇幻未來。」我當時寫下這樣的句子。

這次去上海，選擇了台灣人開的「東方商旅」，想在外灘體會一下台味，也想在更細膩的服務中，令自己放鬆，有一種回家的感覺。是啊，如果我的家就在外灘上……這想法令人興奮。

這幢建築的前身是一八六〇年左右，由美國人羅賽爾所設立的旗昌洋行。當時的旗昌洋行開啟了長江航運的黃金年代，直到一八七〇年被輪船招商局收購。「東方商旅」這幢建築，是一九八五年所興建的，跨越了三個世紀的歲月，安靜低調的佇立在黃浦江邊，金陵東路上。

沿路都是老舊的店鋪，販賣著蕾絲邊、布料、各式各樣的扣子，走著逛

(上)田子坊的鞋店有盛
唐的繁華。
(左頁)旅館的窗外是外
灘，鏡中是黃浦江，有
種鏡花水月之感。

著，稍不留意就會錯過這沒有醒目招牌的精品旅館。但，門口總停著一、兩輛身價不菲的名車，在低調中顯現奢華。

很幸運的獲得了房間升等。在環繞著北外灘、南外灘、浦東、浦西、黃浦江江景的二七〇度奇幻景色中，幾乎說不出話來。當天夜晚，我邀請上海的親人來房間坐坐，他們也見識到了從未看過的，動人心魄的輝煌夜景，臨走時下了一個結論：「妳就好好待在這房間裡，哪裡都別去吧。出門一分鐘都是浪費了！」

「東方商旅」的貼心才真正是台灣精神，每天在房間裡換上新鮮水果與鮮花。有一次提早回房，正好遇見房間最後的檢查與確認，服務人員望著那盆剛剛換好的水果，殷切的對我說：「這些水果您都不喜歡嗎？喜歡什麼儘管跟我們說吧，不要客氣呀。」其實是因為我惦記著那些從北京機場帶來，正躺在冰箱裡的「荔枝王」，個頭超大，總得把它們清光了，才能邁向下一個目標吧。

於是，我和旅伴在下午時光奮力吃「荔枝王」，還剩四顆，實在吃不下，便鋪在面紙上打算晚上回來再繼續。晚上回到房間，赫然見到四顆荔枝變成了八顆。「啊！大荔枝生小荔枝了。」我們忍不住笑起來，就像是小時候不肯吃青菜，媽媽一邊擔憂一邊暗中觀察，這孩子肯吃青豆呢，太好了，多藏點青豆在他碗裡，讓他不知不覺補充點維生素。

來自四川的美麗經理看見我對玻璃櫃裡的小古玩很感興趣，順口告訴我：「這些都是在東台路古玩街找來的。」我從沒聽過這條路，立刻興起一探究竟的興致，經理的眼中有憂慮，她說：「那裡還得有當地人或是內行人一起去比較好。」說完，她立刻給了我一張小祕笈，寫上的都是些上海味十足又優雅的地方。這樣的憂慮也是家人才會有的，總希望自己在乎的人快樂出門，平安回家。

那麼，就從外灘的「家」出發吧。

「田子坊」是每次都要去探訪的，因為那裡像個迷魂陣，曲曲折折的小巷弄裡，還有居民切切實實地生活著，觀光客探頭探腦的，往往招來居民大白眼，再附贈幾句上海話罵腔，特別有味道。穿越迷魂陣，我只是想看看那家圍巾專賣店「嫵」還在不在？五顏六色的繡花鞋店是否無恙？日本老闆開的「丹Cafe」仍然要攀爬狹窄的樓梯，坐下之後依舊聽見左鄰右舍的台灣腔調？

還沒進田子坊，就被泰康路上一幢建築吸引住，方方正正的玻璃帷幕，綻放出層層疊疊碩大無比的牡丹花，金屬的光澤，魅惑又驚懼，究竟是建築開出的花？還是這花吞吃了建築？

買了二十元門票進入博物館參觀，看見來自世界各地著名的琉璃藝術家作品，已經值回票價，更令我震懾的經驗，是無意間闖入了「今生大願——千手千眼觀音」的展間。這是楊惠珊耗盡十年心血，仿元代壁畫塑造而成的，因為是嶄新的，未經歲月風化，那樣逼真鮮活，彷彿有著氣血運行，我的身體起一陣奇異的感應，想要轉身逃跑，卻又命令自己鎮定下來，深呼吸，合掌低首，虔誠地，為我所惦念的人祈福。於是，整個人靜下來，漸漸空了，忘記了自身的存在。

「願我來世，得菩提時，身如琉璃，內外明澈。淨無瑕穢，光明廣大。」

年輕時我喜歡看楊惠珊的電影，而此刻我終於看見最令我讚歎的藝術作品。

順著泰康路往紹興路走，那是一條栽滿梧桐樹的文化街，據說張國榮每來上海，總在那間「漢源書店」留連呢。午後的陽光篩過葉片，穿越木窗，溫存的照射進來，古舊的半圓形書架木質很好；小巧的吊燈很殖民；奶黃色牆面透著溫暖，外國人點一壺中國茶，專注閱讀小說的側影，這一切就是張國榮喜愛的氛圍嗎？我緩緩啜飲一杯檸檬茶，無所事事的消磨了整個下午。天黑時走出書店，路旁的梧桐樹仍那樣綠陰陰地發著亮，一、兩個騎車的人，

（右頁）我願在老碼頭的
水畔平台說講三國。
（上）琉璃博物館的外觀
設計別出心裁。

不急不緩地從身邊經過，預兆了一個寧靜夜晚的來臨。

這時候不適合往喧囂的新天地去，不如到「老碼頭」逛逛吧。老碼頭有點像是小規模的新天地，臨著黃浦江，曾經是上海最大的水果批發市場，據說也是杜月笙崛起之處，他曾在此練就精妙的削水果皮刀法。削水果能削出軍火庫來，能成為「上海皇帝」，還真是夠傳奇的。

小時候聽長輩談起這個亦正亦邪的青幫大頭目，總想著不知是什麼樣的狠角色呢。後來看見他的照片，端端整整的穿著中式袍子，略顯瘦削，倒有幾分知識分子的文氣，一絲飛揚跋扈都沒有。據說因為貧窮，年少失學，發達後他常請著名的說書人為他講《三國》和《水滸》，從中領略人生智慧與權謀。而我聽聞他的興學、抗日，尤其是為了阻攔日軍順長江長驅直入，率先將自己的幾條大船沉進江中，以及將飽受情傷與委屈的孟小冬納為五姨太，給了她名份與歸宿，很有一點風月救風塵的意思。

至於他的所謂「心狠手辣」、「殺人如麻」，根本毋須辯詰，此人是黑幫頭子，又不是道德重整會會長。在亂世裡，能成為一代梟雄，已經很了不起。

這一片倉庫建築群，現在成為酒吧、餐廳，食客與遊人並不多，初夏的涼風從江上吹來，在空曠的廣場遊走。中央噴水池光影灩灩，建築物的牆面浮雕花樣突顯，水面的平台上，會不會曾經是杜月笙聽說書的地方？如果生在那時候，我有沒有機會為他說書？面對著遠東最大的碼頭，上海灘的起源，提起胸中澎湃之氣，說道：

天色向晚，東山月上，皎皎如同白日。長江一帶，如橫素練。曹操坐大船之上，左右侍御者數百人，皆錦衣繡襖，荷戈執戟。文武眾官，各依次而坐……

一輪圓月，高高懸在空中，也映在江上，夜已深了。

到首爾慶中秋去。

兩岸栽種著綠樹與繽紛草花，天上的雲影映照出水光變幻，
明暗之間，就像是一次又一次的沉思與了悟。
我看見的不是浪漫，而是毅力與決心。
或許，所謂的浪漫背後，都燃燒著無比的毅力與決心吧。

秋風挾著絲絲冷雨，往我的單薄長袖衣裳裡鑽，雖然打著傘，卻也抵不住雨勢，棉質長褲吸水功能甚佳，膝蓋以下已經濕了，鞋襪更是咯吱咯吱響，而我的腳又慣性抽筋了。這一切的狼狽都比不上失去方向的惶惑與焦慮，首爾，東大門，好多大型購物中心，但，我們要找的地方到底在哪裡呢？啪噠，雨水落在地圖上，發出聲響。

二十幾年前我參加旅行團，來過還沒改名字的漢城，住在華克山莊賭場酒店，只記得搭乘遊覽車去了幾個宮殿，一、兩座寺廟，在路邊小攤買了烤白果，讓母親重溫北方童年的味道，除此之外，一切模糊。

（上）咖啡館的內部裝潢很有歐洲情味。
（左）往駱山公園去的路上隨處可見的壁畫。

前幾年不斷聽人說，韓國已經不一樣；首爾好吃、好買又好玩。做廣播節目時也不止一次介紹過首爾的旅遊書，介紹完總有些心動，於是對朋友們說：「首爾好像滿好玩的。」朋友們或是不置可否，或是說：「好啊，再看看吧。」就這樣，一直揪不成團，擱置下來了。

☼

這一次，四個女人的首爾之行，其實是陰錯陽差的結果。我到香港工作那一年，遇見了很愛韓國的香港女同事，她們的玩法十分熱血，可以在辦公室加班到夜裡十一、二點，再去機場搭半夜的飛機，凌晨五點多抵達首爾，就開始玩了。「這樣真的一點時間也不浪費。」女同事的眼睛閃閃發亮，語氣中的摯愛與熱情，感染了我和夥伴小高，於是，我們心中升起這樣的念頭，該去首爾了。

同時，又浮現了另外兩個夥伴的面孔，美美和小白，我「依稀」記得她們也說過想要去首爾的，既然如此，何不揪一個團呢？

就這樣，高麗團，繁複的稱法為「高興美麗團」敲定中秋假期出發了。

街角從不缺乏可愛的驚
喜，深深吸引女性。

到了仁川機場，美美和小白才委婉透露，她們當時說的是蘇梅島，並不是首爾，不過，來首爾也不錯。什麼？原來，原來是我「依稀」記錯啦。像是呼應著我的心情似的，剛出機場，便下起傾盆大雨，明明是早上，天色卻昏暗得如同傍晚。

這雨一直沒有停歇，我們搭乘地鐵來到東大門，尋找旅遊書、網站交叉比對後一致讚好的「陳玉華一隻雞」。然而，轉來轉去，走了許多路卻仍沒找到正確方向，詢問路邊的旅遊資訊亭也無明確結果時，網路上的負面訊息開始在我們心中發酵：「又瞎又聾的韓國之旅」、「語言不通一片茫然」等等。在這裡，英文不太管用，韓文中的漢字極少，猜也猜不出個所以然，覺得自己似乎被困住了，開始後悔，頭一次跟美美和小白出國旅行，就選了這樣一個人生地不熟的地方，真是對不起大家。可是，透過雨幕，看見始終走在前方，步伐一直很堅定的夥伴們，便又覺得我們一定可以找到一隻雞的。

窄窄的巷子終於出現了，兩旁許多烤魚店，全是燒烤的腥焦氣味，一隻雞店紛紛出現，已經尋找已久的我們當然不受迷惑，一直走到最裡面的正宗本店。接待客人的都是稱為「阿珠媽」的中年婦女，手腳很快的幫我們點好菜，用流利中文解說吃法，還幫忙把鍋裡整隻雞剪成雞塊。

店裡的漢字寫的不是一隻雞，而是「一匹雞」，這是日語的用法吧。坐在火爐邊，看著鍋裡的這一匹幼雞在蔥段與蒜末中燉煮，再加入馬鈴薯厚片、韓國年糕，覺得好溫暖、好安心。雞肉很嫩，年糕彈牙，馬鈴薯鬆軟，拉麵柔滑，加上自助式的泡菜在鍋中一起翻滾，沾著店裡特調的醬料，真是簡單而令人激賞的美味。

吃完首爾的第一餐，團員們個個興致高昂，對未來充滿信心，一匹雞也能追到，還有什麼追不到的？

☆

首爾的第二天，我們在明亮的陽光裡甦醒。負責規劃行程的小白告訴大家，今天要往韓國觀光公社去，一方面與她的韓國友人見面，一方面可以蒐集更多旅遊資料。從二號地鐵線的乙支路入口站出來，目的地就在清溪川畔。

天晴之後，氣溫更低一些，走進位於地下室的公社，覺得溫暖多了。如果是哈韓族，或是追星族，這裡是不能錯過的充電站吧。有許多韓星的人形立

整治過後的清溪川成為
首爾最婉麗的景色。

牌，可以任意甚至任性的合照，要照多少張，要擺什麼姿勢，大明星們都沒有意見，只會笑嘻嘻。還有顏色樣式都很美麗的韓服，免費借穿拍照，最重要的是，這些韓服都很乾淨嶄新。據說假日還有泡菜教學，試吃韓式美食呢。

小白的韓國友人英美見到我很開心，她說自己是我的讀者：「我用妳的書當成學中文的教材呢。」英美拿出她珍藏的《不說話，只作伴》，扉頁間密密麻麻畫著線條，寫著註解，標出讀音，我從來沒想過，竟然能在首爾遇見這樣認真「研讀」我作品的讀者，驚喜得說不出話來。

我們在那裡玩了「投壺」的遊戲，將一支支像箭一樣的細木條擲進長頸圓腹的容器中，看起來好像很容易，其實頗需要一些技巧，夥伴們玩得不亦樂乎，我卻想著，這不是古文中常見的遊藝活動嗎？只是我們已經很陌生了，韓國卻將之視為民俗的一部分，珍貴的保存流傳著。

不僅是傳統的保存，文化的創新才是韓國崛起的能量。後來幾天裡，我們走過梨花女子大學和弘益大學，去了美麗的校園，沿途筆直的路樹，逛起來很趣味的特色小店，令人留戀難捨的咖啡館。在朋友強烈推薦下也去了馬羅尼矣公園、駱山公園，路上都是壁畫和藝術創作，充滿情感與意象。偶爾抬頭便會發現屋頂上的裝飾，有時是垂釣的孩子，有時是騎在鴿背上的小女孩，生活化的藝術，是親切而美好的。

從公社出來，站在橋上望著清溪川，許多韓劇的浪漫景點。這原是一條被工業污染得很嚴重的暗渠，人人避之唯恐不及，經過大力整頓，成為清澈的溪流，兩岸栽種著綠樹與繽紛草花，天上的雲影映照出水光變幻，明暗之間，就像是一次又一次的沉思與了悟。我看見的不是浪漫，而是毅力與決心。或許，所謂的浪漫背後，都燃燒著無比的毅力與決心吧。

往仁寺洞的方向走，沿路許多可愛的咖啡館，各有特色，拖延了我們的行進速度，只要進去喝杯咖啡或飲料，便是停不了的拍攝，店內的裝潢和佈置，壁畫與桌椅，都具巧思，都是偶像劇拍攝的最佳場景，都能想像出完美的邂逅與愛情。靠著一點點英語和比手畫腳的激情演出，我們也能順利與店員溝通，原本困擾著我們的韓文，也漸漸視而不見了。

一路上的手工藝品攤子，看得人眼花撩亂，來到著名的人人商場

（Ssamziegil）藝術商場，聚集了許多人潮，那是一幢半露天式的四樓建築，不用樓梯而用迴旋方式往上走，一家又一家藝術創意小店，陳列著讓人忍不住想買下來裝進荷包裡的可愛精品。而Ssamziegil在過去本就是指那種裝著小東西，可以隨身攜帶的荷包呀。

人人商場周邊的巷弄，低調的隱藏著許多藝廊或餐廳，哪怕只在巷弄裡隨意逛逛，看看玻璃櫥窗裡的畫作或是雕塑品，遠離喧囂的片刻，也就真能體會到仁寺洞的藝術氣息了。

兩個男孩從我身邊跑過，他們穿著傳統韓服，淺粉色上衣，豔紫色燈籠褲，外罩鮮桃紅背心，配上束腰帶，醒目又好看。從仁寺洞往景福宮的路上，數不清多少孩子與女人，都穿著韓服，活潑或搖曳的，在街上行走。這彷彿是他們生活的一部分，從小時候開始，自然而然穿著自己民族的服飾，成為一種生活美學。或許因為是現代人要穿的，韓服不斷推陳出新，質料、花樣與色澤，愈來愈多樣化，成為一種風潮。

來到景福宮，更像是韓服伸展台一樣。「這麼多人穿韓服啊。」我讚歎地。「要過中秋節了吧。」夥伴們說。

可不是嗎？景福宮內外都掛著巨幅海報，繪製精美的圖畫上，寫著大大的金色漢字「秋夕」。為了慶祝中秋，一連三天，景福宮安排了許多傳統活動，歡迎民眾參與。我想到課堂上跟孩子們說，韓國人說中秋節是他們的，大家都很不忿：「中秋節當然是我們的。」然而，韓國人是這樣認真熱烈的過中秋，在我們美麗的島嶼上，除了烤肉，還有什麼？

不過，無論烤肉烤得怎樣烏煙瘴氣，中秋節還是我們的。

（右上）孩子穿上韓服，歡慶中秋節。

（上）景福宮規劃了許多活動慎重其事過中秋。

到神宮看遷徙去。

在那寂靜的，彷彿永恆的時光裡，
我覺得自己被某種力量所充滿，曾經擺盪不決的疑慮，
也像是塵埃那樣，紛紛的墜落了。
心靈更澄淨，也更安定了。這難道就是神奇的碰觸？

我和我的朋友們，經歷了長途跋涉，終於站在這裡，伊勢神宮內宮的參拜階梯下。剛剛一路行進，走了不少路，短靴磨擦著細小的白石，飛起的煙塵落在鞋上，成為深深淺淺的印記，倒像是剛剛走過了一片雪地。然而，這並不是落雪的季節。

是春天，櫻花的季節，空氣卻仍是冰涼的。或許因為這是日本神社之首，日本人一生一定要去朝拜一次的地方，連天皇也得一步步走進來，不可駕車長驅直入，因此，宮內有著一種別樣的幽靜與聖潔。正宮尚未出現前，彷彿行走於森林之間，鼻中嗅到的都是樹木的清香，似有若無的。

階梯上方，離地很高的正宮殿宇，是

最古老的建築方式，參拜者必須一級一級的往上走，走著的時候，心也就一點一點的靜下來了。為了不可驚擾神靈，禁止攝影，相機得收進行囊中。剩下的只有爬階梯這件事，心應該可以專注一些吧。

階梯的左邊是往上的，右邊則是往下的。

我們隨著幾位拄杖傴僂的老人，艱難而不放棄的，緩緩登階，踏上參拜的最後一段；右邊卻有一群又一群參拜完成，穿著黑外套、白上衣，下半身黑褲或黑裙的年輕人，輕盈如同瀑布那樣的，歡快的走下來。

難道神明有這樣的神力，能喚回參拜者一去不復返的青春？

☼

伊勢神宮內宮祭拜的是女神，天照大御神，是日本天皇的祖先，也是日本民族的最高之神，女神親選了這物產豐饒的「美麗之國」伊勢，做為棲身之地，兩千多年前便建起了伊勢神宮。我想像著應該是個懂得享樂、愛悅美好事物的神明吧。

而伊勢神宮最特別的，是二十年一次的「式年遷宮」，為了保存古老建築

（上）伊勢神宮準備參拜的老人魚貫登階，參拜完畢的年輕人像歡快的瀑布那樣輕盈而下。
（左頁）具有靈性的五十鈴川貫穿神宮內外，不舍晝夜。

工藝與祭祀禮儀，每二十年就會在正宮旁的空地上，建造一模一樣的新內宮，天照大神所用的衣物、器具等等，也要重新製作，將神明與一切器物搬遷到新宮之後，舊宮會被拆除。

每一次建宮砍伐了多少檜木，就會在宮中的森林種上多少棵，有一種生生不息的意味。這樣的儀式，已經進行了一千三百年，第六十二次的遷宮就要在二〇一三年的十月初舉行。

當我們走向舊宮，可以看見簇新的木板圍牆內，已經完工，在細部修整的新宮屋頂了。

拾級而上，排列在等待的人群之後，大家都屏住氣息，隔著白色簾幕參拜。一陣風過，掀起一角的簾幕，可以看見寬廣的院落，中間有著小小的木造房舍，屋頂已經長出了綠草，好像真的有人居住的樣子，院落和屋

宇都乾乾淨淨的，真的是一塵不染。一忽兒，簾幕就被風放下了。

神明必須與凡人保持距離，凡人更不可輕狂驕傲的以為自己可以與神明如此接近。這是日本人的精神發源地，一種恭敬謙卑的態度。

近旁忽然起一陣騷動，原來有幾位中年男人，合力架著一位下半身癱瘓的男子，從旁邊的隔籬進了院落，應該是一種特別的祈福參拜吧？迎接他的是兩位身著古式紫色長袍，頭戴黑色古帽，腳上踩著木屐的神宮侍者。就像是穿越時空那樣的，行著古代的步履，珊珊而來。我看得有些出神，當他們相遇之後，彷彿兩種時間的碰撞，將會敲開宇宙的縫隙，引起怎樣的變化？男人會站立起來，再度行走嗎？所謂的神奇的觸碰，將在我眼前出現嗎？

朋友碰了碰我的手臂：「到我們啦！」原本站在面前的人群忽然散去，我們成了簾幕前的第一排。

我與其他人一樣的擊掌，合什，雙手剛剛貼合，放在胸前，還沒闔上眼睛，不知從哪裡來的風，瞬間將垂掛的簾幕全部捲開，意志堅定的，像是一種必然達成的祝禱，長長的，久久都沒有垂下來。

在那寂靜的，彷彿永恆的時光裡，我覺得自己被某種力量所充滿，曾經擺盪不決的疑慮，也像是塵埃那樣，紛紛的墜落了。心靈更澄淨，也更安定了。這難道就是神奇的碰觸？

轉過身走下階梯，不能復返的青春依舊是難以喚回的。我還沒到傴僂的年紀，也不可能如同青春瀑布的輕盈，無法遷宮啊，無法像女神那樣的永保二十年的新鮮明亮，終究是要遲遲的暮年了。

回首再望一眼，六個月之後，我曾經站立的地方，就將灰飛煙滅了，我在心中默念的名字與祝福，我所愛與愛我的。

都將灰飛煙滅。

☼

想要到三重縣的伊勢神宮，是我的想望，呼朋引伴之後，組成了六人參拜團。以前對伊勢的印象就只有龍蝦，因為居留日本的作家好友理一的關係，才知道了神宮與神奇的式年遷宮。

「已經有一千三百年歷史的神宮，如果不遷宮，那就是古蹟，一直遷宮，不就一直是新的嗎？」有機會成為古蹟中的古蹟，為什麼放棄了？這是我的疑惑。

「不斷的遷宮，這些古老的工藝才能一代一代的傳下去，永遠都是新的，不也是一種信念嗎？」理一這樣說，引動了我，去看看永遠都是新的古蹟。

伊勢神宮大約有一二〇〇名的神職人員，除此之外，還有樂師、技師、森林管理員、博物館職員，神職教育學校與幼稚園的老師，總共有六百名以上。他們自己種植青菜和水果，使用的土器與衣服也都是神宮自己製作的，這種單純的，日復一日虔敬的投入，就是純粹的職人精神。許多這樣的職人，以清淨之心匯聚在一起，一代又一代，必然會改變一方土地，使它煥發著聖潔的氣場。

人們往復道途，每年幾百萬甚至上千萬的參拜者，虔誠朝拜的難道不是由人類昇華而出的神聖嗎？

從神宮外流進內宮的五十鈴川，確實感覺特別清澈潔淨，充滿靈性。淙淙的水聲，是春天裡悅耳的奏鳴，在岸邊站一會兒，看著川中的白石，被水流不停的沖洗著，讓帶著寒意的風吹拂在臉頰上，似乎真有一點療癒效果。

更佳的療癒方式，則是隨著人流與水流，走出神宮，來到「御蔭橫丁」（おかげ橫丁），御蔭，是托福的意思，應該是托神明的福，才能讓遊人川流不息吧。這是因神宮而產生的商店街，兩排木造房屋展示了日本江戶時期到明治時

（上）御蔭橫丁的古代建築與川流不息的人群。
（上右）這就是傳說中的赤福，在本店享用更有情味。
（上左）御蔭橫丁的海老丸餐廳裡相當好吃的炸蝦丼。

期的代表建築，許多百年老店，像是茶店、真珠店、銀製精品、招財貓專賣店、蠟燭專賣店等等，一路迤邐而下，也有好吃的烏龍麵、釜飯與專賣伊勢牛肉的百年老店「豚捨」。為了對牛肉的專情，只得把豬捨棄了。我們卻因為有團員不吃牛肉，只好捨棄了「豚捨」，選擇了好吃的海鮮丼。

伊勢產米，白飯一顆顆晶瑩剔透，浸著醬油，那樣潤滑可口。鋪在飯上的兩隻肥碩炸蝦，裹皮酥脆，蝦肉鮮甜彈牙，吃到一半就覺得惆悵了，今後很難吃到這樣的美味，不就只能懷念了？

海鮮丼櫃台上懸掛著「男眾料理」的木牌，是專門給男人點的菜單嗎？會不會有「女眾料理」呢？日文最好的理一詢問了老闆娘才知道，古時候男人是出海捕魚的，因此海鮮料理便稱為「男眾料理」；女人是掌管畜牧的，因此肉類料理就是「女眾料理」。

我們最後停在緊鄰五十鈴川的「赤福」總店，大排長龍的顧客，是要買赤福來當伴手的。我們穿越那些等候的人，看見店裡現做赤福的年輕女孩，攪拌著濃稠的紅豆沙，接著將厚厚的紅豆沙抹在白色年糕上，再用手指按壓出水流的花樣，赤福就是這樣的甜點。

白色年糕象徵著五十鈴川中的白色神足石，北海道十勝的紅豆熬煮成沙，並不是裹在年糕裡，而是鋪在上面，並壓出三條流水痕跡，代表流水覆蓋於白石之上。我們走到店裡通鋪般的榻榻米座位，面對著河川坐下，用筷子捻起神的食物，慢慢的品嘗，搭配著店裡贈送的當地無農藥度會茶，粗焙茶的氣味很純樸，與糯甜的赤福相得益彰。

這已經三百年歷史的甜食，在我的口中，眼前是潺潺流動的五十鈴川，岸邊的紅枝垂櫻正在滿開，川邊人家高高懸起的三隻鯉魚飄，色彩鮮豔的在風中張揚著。

我知道自己置身在神的領地，而我沉默的什麼話也沒說，只想把正在說著笑著，按下快門的朋友們牢牢記住，是他們引領著我，與我一同聚集在這裡。

到香港
提燈籠去。

老鷹在天空盤旋，有時俯衝而下，與高樓玻璃帷幕咖啡座的人對視，
你會相信牠看見了你，甚至記住了你。
於是，你像被施了魔咒，無可救藥的愛上這裡，
一趟又一趟的回來，尋找凝視過你的那隻飛鷹。

推開房門，這陌生的房間有一整片窗，湛藍的、閃亮的、恆久的海，依舊那樣熟悉。我接上網路，開啟電腦，在微博上貼了這段文字：

> 如果一個異鄉，曾經愛寵我又冷遇我；曾經創傷我又療癒我，那就不再是異鄉，而是另一個家了。回到「家」，什麼都好了。

我面向大海，發了一陣獃，然後幾乎毫無阻礙地，完成了一篇並不易完成的創作，每次回到這裡，便覺得某個開關彷彿被開啟了，許多電流竄進我的身體，我可以走得更快；笑得更開心；靈感更豐富；創作力更旺盛。

我將稿件寄出，再度逛到微博，便看

煙霧迷濛中永遠不會錯
認的香港海景。

見好多位網友的回應，直接指出：「這是香港」。是的，這是香港，如此明確，易於辨認，在我的生命中更是難以取代的一個異鄉與故鄉的混血。

☆

許多獨特而重要的經歷都在這裡發生，我曾被引領著穿越大街小巷；而後又帶領朋友搭電車，遊蕩海味街，乘船渡海。「你想看什麼呢？」「你想到哪裡去呢？」我總是盡責的扮演好導遊的角色。同時，也總會與我的香港好友Y見上一面，讓他帶著我去發掘好吃的平價美食。

有時候，我們坐在油膩膩的桌邊，喝一碗濃醇腴厚的牛肉清湯；有時候，圍著一個鋁盆吃當季限定的薄殼蜆，而他只是喝著啤酒微笑……他明明知道我對香港並不陌生，卻堅持到我下榻的旅館大廳等候我，彷彿若沒有他的帶領，我就會迷途。十幾年來，我好像真養出了點倚賴，想去哪裡就問他，想吃什麼就找他。

有時會聽見這樣的疑問：「妳為什麼這麼喜歡香港？妳不覺得香港節奏太快，人與人之間既疏離又現實嗎？」這時，我的眼前便浮現出香港好友Y的樣子，他那既憂傷又詼諧的臉孔，總是講著笑話自嘲的寂寞的笑聲。他熱切的想要安慰我的挫折創傷，結果竟然漲紅了臉，哽咽落淚的真性情。

「妳信不信，男人與女人之間有超越愛情的感情？」剛剛相識還不熟悉的時候，他提了三明治午餐，從港島到新界的中文大學，送來我的研究室，就問了這麼一句。我說我何止相信，我也在追求。他說他也是。好像《水滸傳》裡的英雄歃血為盟那樣，我們沉默的，在心裡定下盟誓。

這盟誓是今生今世都不會毀棄的。而香港這城市，也就有了更深刻的意涵。然而這一次來香港，我決定不再倚賴Y的美食指引，沒有人可以永遠倚賴另一個人的，我要試試自己辨別方位的能力。

這一回，我要買一個傳統的紙紮燈籠，許多年前曾經看見過的古老工藝，很漂亮的金魚和兔子。在潮濕的春天，買一隻兔子燈籠回家，等到中秋節的時候，便學香港人提著燈籠賞月。是的，就這麼做。

✡

因為沒有安排與Y會面，因此，行程更加充裕，我選擇的不是一般觀光客

（上）1881之夜。
（右）燈光燃亮之後與九重葛相互輝映的1881。

搭乘的機場快線，而是從機場搭巴士，慢慢的晃進城裡去。一段時間沒來，更多高樓起造，更多山壁消失。Y曾經問我：「為什麼到香港來？」我說我喜歡這裡。他問：「妳喜歡什麼呢？」我直覺的回答：「我喜歡老鷹。」

我記得頭一次來香港，已是二十幾年前，被密集的高樓與翱翔的飛鷹震懾住。那時的香港還有許多未開發的山，山巔有著牠們的巢穴。老鷹在天空盤旋，有時俯衝而下，與高樓玻璃帷幕咖啡座的人對視，你會相信牠看見了你，甚至記住了你。於是，你像被施了魔咒，無可救藥的愛上這裡，一趟又一趟的回來，尋找凝視過你的那隻飛鷹。

然而坐在巴士上，無論我怎麼費力的張望，一隻鷹也看不見。

每次到港，總依著Y的建議，先吃一盅龜苓膏，去除濕熱暑氣。但這一次，我突然不耐煩它的微苦，事實上我從沒喜愛過那口味，於是在「海天堂大家姐」那兒要了杯龜苓茶，褐色的茶湯，有雞湯和魚湯混合的鮮味，還帶點回甘。喝完龜苓茶，便可以放開懷，去品嘗我最愛的楊枝甘露、手磨核桃露、芒果布甸啦。

因為覺得自己算是半個香港人，因此，不再去排半島酒店的下午茶了，只是仍喜歡從那裡經過，看看那幢義大利文藝復興及巴洛克復興風格的建築物，它是香港現存最古老的酒店，見證了將近百年的歷史，從殖民到回歸，從英國到中國。粉白的牆面因陽光折射出的光亮，照在來往行人臉上，產生一種輝煌的錯覺。

走過半島與YMCA，意外看見了另一個輝煌。那便是化古蹟為時尚的一八八一（1881 Heritage）。從一八八一年開始，直到一九九六年，這裡曾經是香港水警總部，維多利亞式的建築，是我這個「殖民建築控」的最愛。一九九七年到香港教書時，報社採訪之後，請我任選一片街景拍照，我當時便挑了它。採訪的記者告訴我，這是香港法定古蹟，以後不知道會變成什麼樣子呢。我們沉默的望著它好一陣子，在剛剛回歸的尖沙咀街頭，那時候有太多不確定，人心飄浮在半空。

而到了二〇〇九年，連同水警總部主樓、馬廄及時間球塔，被修復為國際名品店、時尚餐廳、古蹟酒店與展覽館。陳舊森嚴的氣氛轉變為歡樂明亮又夢幻的新地標。

時間球塔依循傳統，在每日下午一時準時降下時間球，而我抵達的時刻已過了下午三點。時間球既不下降，我便拾級而上吧。穿過敞闊的花園廣場、噴水池，走上弧度優美的階梯，登上二樓義大利餐廳DG Cafe and Wine Cusine，在半露天的陽台茶座，點一套下午茶。三層托盤盛裝著小巧精緻的甜點，配一杯溫度正好的熱拿鐵，閱讀或者發獃或者只是看人，便可以消磨一個下午。

天色漸暗，夜景愈發璀璨起來，我聽見悅耳的鳥鳴，看見拖著修長斑斕尾巴的鳥雀，像微型鳳凰那樣的，從我眼前翩翩飛過，一隻又一隻，牠們棲息在廣場的老樹上，已是百年老樹了，春天裡發出繁茂的枝葉，那鳥雀一入樹梢，便隱匿了身影，只不斷聽見牠們的鳴叫聲。我想起香港人一向有賞鳥的活動，卻沒想過在這樣喧鬧的商業區也能聽見鳥雀的合唱，宛如天籟。

如果，我的好友Y也在這裡。那一刻，我確實非常想念他了。

✡

我還是惦記著，要去中環伊利近街的「秋記紙號」買燈籠，許多年前我曾被那些毛絨絨的紙紮兔子和精神飽滿的大金魚所魅惑，卻被「下次再買」的念頭給耽誤了，這一次是下定決心的。

從中環出來，先往「為食一條街」的大排檔走去，並不寬敞的街上擺滿了桌檯，一盅飯、一碟魚，穿著西裝或套裝的上班男女便坐在擁擠的桌角，埋頭大啖。周邊全是世界知名的時尚光鮮建築，竟有這樣狹小的所在，簡單的滿足了人們基本的欲求。走到盡頭便是我想吃的「威記」，一碗細綿靚粥、一顆軟糯裹蒸粽、一碟腸粉包油條，都是我住在香港時最愛的家常美味。裹蒸粽只有一小塊肉，許多的綠豆蓉，吃甜的就擱白砂糖，吃鹹的便淋醬油，綠豆蓉吸收了醬油的滋味，是我的最愛，一顆就飽了，只要十元港幣。

吃飽了，便朝著半山自動扶梯往上走，與許多觀光客交錯而過，兩旁的唐樓與殖民建築都是攝影的背景，令人不由得想起《重慶森林》。

我的心跳突然加快了，因為「秋記紙號」的陳舊招牌已經出現，我的兔子我的金魚，我的延宕已久的願望，我終於自己找到方向。然而，門口並沒有懸掛燈籠，一隻也沒有。站在門口，昏暗的店面

（右頁）威記最家常的裏蒸粽與
炸兩與粥。
（上）秋記。

重重疊疊的擺放著一些紙紮的鞋子、帽子與舊式的衣裳。

有位白髮蓬飛的老婆婆從暗處走出來，像是從陰界走進陽界那樣的停在我面前，她問：「妳要什麼啊？」

我說我要燈籠，以前不是有很多兔子和金魚的燈籠？「現在沒有做燈籠了，現在都做這些……」她指著那些紙鞋、紙衣、紙帽，喃喃地說：「清明節快到啦。」

我的體溫倏地降下來，像是從夢中醒來，無法再逃避。我往後退，退到街上，找到一面牆用力抵住，身體裡面的時間球正迅速墜落。

這是我的好友Y離開人世的第一個清明節。

我記得兩年前在香港最後的會面，那時還不知他已罹病，他掏出身上所有的十元銅板，我從他掌中一枚一枚拈起來，投進轉蛋機裡，轉出我喜愛的公仔，我們歡快得像兩個小學生。我記得他重病手術與治療的輾轉痛楚中，卻仍對我隱瞞一切，只因為不想讓我憂煩難過。我記得他最後在醫院發給我的短信，簡述自己狀況還可以，「Don't worry.」他的信是這樣作結的。

一個月後，他的生命走到盡頭。

這才是我來香港真正的理由。試圖靠他更近一些，試圖感覺他從未走遠。我努力想確認自己辨別方向的能力，只是因為從今以後，再也不能倚賴他。並不是我不想，而是不能。

離開香港時，我依然搭乘巴士，從市區往機場去。在筆記本上寫著：「我終究回到這裡，完成一次小小的旅行。」畫下句點，轉頭望向窗外，突然我看見，在海與山的交界，那裡有一隻老鷹，緩緩地向我飛來。我坐直身子，充滿期待，淚水靜靜潤濕眼眸，是牠嗎？曾經凝視過我的那隻飛鷹？

之二・

小女兒鼓起勇氣，獨自踏上旅程。
大家都告訴她，等待著她的是凶暴可怕的野獸，
她把花兒別在胸前，告訴自己，
這樣美麗的花，必然是由溫柔的心培養呵護的。
擁有溫柔的心，怎麼會是野獸？

小女兒看見，在花園盡頭等待著她的人，
她微笑了。

當兩片海洋交會。

有些觀眾是特地前來的，也有一些只是拖著行李經過，
坐下來歇歇腿兒，卻再也走不開了。
夜色漸濃，對岸的燈光亮起來，眼前的一切便顯得如夢似幻。

維多利亞港的海水，緩緩注入玻璃瓶，與瓶中已經灌注的台灣海水混合，瓶中水流湧動，激烈顛盪、震動，發出無聲的歡呼，第一屆香港海洋音樂祭開鑼了。這是我來到香港上任的第二十六天，也是我發願吃素的第六天。

「妳是一個文人，又是一個教授，為什麼要來擔任公職？為什麼放下自己的工作，跑到香港來？」和香港媒體見面時，總要回答這樣的問題，一遍又一遍。除了對香港有著難以割捨的情感之外，我發覺自己其實是個喜愛變動的人吧——喜愛那種不確定的挑戰。

一到香港，還沒站穩呢，馬上就要

投入「二〇一一台灣月」的各項大型活動。

首先登場的是露天演唱會，在文化中心露天廣場搭建兩座舞台，一座是「草根部落台」，一座是「熱浪搖滾台」，連續兩天，從下午四點到晚間十一點，兩座舞台由表演團體輪流演出四十分鐘。

這樣的音樂祭，對台灣人來說早已是司空見慣，在香港卻是頭一回。香港人對於天王天后的紅館開唱，購票入場是很熟悉的，然而在露天站著或坐著，免費的搖滾與民歌，接受程度又有多少呢？許多人告訴我們，香港的民眾不比台灣，他們是很冷靜的，甚至是很冷漠的。

冷靜也好，冷漠也罷，我擔憂的是，他們會出席吧？會來拆開這份台灣人送給香港人的熱情禮物吧？

為了有效宣傳我們的系列活動，報紙、電視、廣播、雜誌，媒體宣傳排得滿滿的，在台北一向低調的我，彷彿脫胎換骨，成了另一個人。為了配合訪問的時間，一天只吃一餐是常見的。剛剛抵達香港，需要適應的、難以掌握的狀況不少，加上十月是應酬高峰期，我的生理時鐘大亂，於是陷入了輕憂鬱。

有一天，一位年輕的記者問我：「近來天氣都不太穩定，妳擔不擔心音樂

（上）熱浪搖滾台前，原本安靜淡定的觀眾，愈夜愈瘋狂。
（右）緊鄰維多利亞港的草根部落台，有著海市蜃樓之感。

祭當天下雨？有沒有因應措施？」這真是一個好問題。原本選定十月底舉辦音樂祭，是因為這段時間一向是香港秋高氣爽的好時節，然而，自從我來到香港，陰雨不絕，與我們原先的期望確實有落差。如果音樂祭當天下雨，勢必影響參與的觀眾，對於那些應邀前來演出的年輕表演團體，更是不小的打擊。經費有限，我們不可能有任何因應措施，我不知道是基於怎樣的一股衝動，脫口而出：「我來吃一個星期的素吧，直到活動結束。」吃素以祈求順利平安，這是一種癡愚，相信在盡了人事之後，上天也會慈悲相助，一點也不科學。但，人世間許多事都不是科學可以數據化的，像我此刻坐在這間臨著維多利亞海港的辦公室，在兩個月之前，是完全料想不到的。

吃素，奇妙的幫助我將步調緩慢下來，因為每樣放進嘴裡的食物，都得停頓一下，仔細確認，這是素的嗎？香港人稱吃素為「食齋」，當我告訴別人我正在「食齋」，同桌人吃的是酥脆的烤乳豬，而我吃的是南瓜奶油醬拌麵。同桌人個個意氣風發，只有我低首斂眉，突然覺得這齋吃得有幾分出家人的感覺了，於是，活動當天要晴要雨也都適宜了，也都是天意。我的輕憂鬱，就這樣不藥而癒。

☼

角頭音樂張四十三宣佈，香港國際海洋音樂祭正式開始。我抬頭望著藍天白雲的晴空，那些低空盤旋的老鷹，心中確實充滿感激。

搖滾舞台是鯊魚尖牙森森的大嘴，第一個樂團演唱時，觀眾確實是冷靜的，只有幾個前排的年輕人跟著節奏揮舞雙手，大部分的人直挺挺站立著，像在聆聽聖詩，臉上盡是端肅的表情。我和同事衝進觀眾之中，認真吶喊跳躍，約莫是整整一年的運動量，試圖將氣氛炒熱。

輪到台灣的表演團體上台，他們顯然深知帶動與引領的重要，於是，在演唱之中，邀請觀眾：「把你們的手舉起來！舉起來！」觀眾微笑著，舉起他們的手，跟著揮動。

「想不想暫時離開地球表面？跳起來好不好？讓我們跳起來！」觀眾大笑，跟著節拍往上跳。

「接下來這首歌雖然你們沒聽過，但是前奏出來的時候，我要聽見你們尖叫，就好像已經聽過二十次一樣。好不好？」觀眾尖叫了，聽過二十次那樣的尖叫，聽過五十次那樣的尖叫，聽過一百次那樣的尖叫。

隨著天色漸暗，這已經是一群熱愛搖滾的觀眾了。

草根部落舞台的觀眾在大階梯上落坐，正對著維多利亞海港對岸的港島，璀璨如水晶的建築奇景。有些觀眾是特地前來的，也有一些只是拖著行李經過，坐下來歇歇腿兒，卻再也走不開了。夜色漸濃，對岸的燈光亮起來，眼前的一切便顯得如夢似幻。

舞台上正在演唱的是台灣原住民歌手，穿著傳統古老的服裝，在他們身後經過的，卻是張保仔仿古海盜船，血紅色的船帆被風鼓動著，木造船身幽幽發光，那樣貼近岸邊，幾乎與歌者重疊。這樣的布景只會出現在拉斯維加斯的豪華秀場裡，而它竟然在維港真實呈現。

當兩片海洋交會，許多生物都要巨大改變。這一切其實原本就存在的，我們只是讓它們相遇了，藉著音樂與夢想，將一切化為可能。

意念
已經抵達。

正是因為異鄉的那一點陌生感、飄盪感、惶惑感，使我的感官打開，
大量接收外界的訊息，而後讓它們沉澱，變得更純粹而具體。
香港，這地方對我而言有神奇的召靈作用，召喚生命與創作的靈感。
這是我一直知道的。

為什麼妳要離開台灣，到香港去呢？

二〇一一年的夏天，當我即將到香港就任光華新聞文化中心主任時，許多認識或不認識的人都這樣問。為了要離開台灣，我得向大學請假，有些已經選定我的課程的學生感到失落；為了要到香港，我無法常常陪伴小學堂的孩子讀書遊戲，他們好擔心我再也不回來陪他們了；為了就任公職，我必須放棄已經主持了十一年的廣播節目，那些在深夜習慣聽我說「晚安」才入眠的聽眾，覺得很難接受。

做完最後一集廣播的某個周末，我和幾位好友到台北一家著名的老字號餐廳吃

讓我願望成真的那片窗景。

晚餐，餐廳裡的服務生都是中年以上的年紀了，幫客人點菜時會突然打斷客人，並且強烈建議：「夠了喔！點太多吃不完很浪費喔。」

我認為這才叫做人情味，雖然他們臉上的笑容並不多。有些餐廳的服務生笑顏如花，鼓起三寸不爛之舌，不斷推銷高價菜色，明明知道分量夠多了，還要哄人再點兩道，實在令人不敢恭維。

吃得差不多了，喚來服務大叔要點甜點，大叔送上甜點，我正拿起調羹打算大快朵頤，突然聽見那句問話：「為什麼妳要去香港啊？」發問的是大叔：「妳的廣播這麼多年我都已經聽習慣了。」

我連忙解釋，說是想到香港去做點事情。顯然大叔並不滿意，繼續嘟囔著：「要做事情在台灣也可以做啊，為什麼一定要跑到香港去？十幾年的節目了，說不做就不做，說走就走啦。」面對一個陌生人的質疑，我竟然訥訥地說不出話來。若說他已經聽了我的節目十幾年，其實也不算是個陌生人了，更像是個十幾年的老友。

明明在台灣過著自己想要的生活，做著自己喜歡又於人有益的事，為什麼要放棄這些，去挑戰那麼多的未知呢？那天，或許好友看出了我的微微低落，於是對我說：「一般人都要從一條比較小的船，換到一條大一些，安穩一些的船上去，妳卻從安穩的大船換到小船上去，怪不得大家會覺得好奇呀。」

☼

等我真的到了香港，走在熟悉的街頭，乘坐最愛的叮叮車，和許多人在街市裡摩肩接踵，才漸漸明白，有時候，一個人對一個地方的情感是不可言喻的，就像是我對於香港。

小時候父親的好友是船員，他來我家做客總會帶著從香港來的舶來品，送給母親的玻璃絲襪和香水，圍巾與項鍊；送給我們這些小孩的南棗核桃糕和瑞士糖。他會跟我們講述這濱海的港口有許多酒吧，許多蘇絲黃，許多沿山而建的高樓，許多徹夜不熄滅的燈光，我們一邊聽著他的敘述，一邊播放著鄧麗君的歌：「夜幕低垂紅燈綠燈，霓虹多耀眼，那鐘樓輕輕迴響，迎接好夜晚……HONG KONG，HONG KONG，和你在一起。HONG KONG，HONG KONG，這是一個美麗晚上，有你在我身旁。」

一九九七年之前，因為個人的情感因素，非常渴望能到香港來工作，卻一

（上）中文大學的天人合一著名景點。
（右）灣仔路標指出我的過去與現在。
（左頁）叮叮車是一種親切而又舒緩的交通工具。

直沒有機緣，等到這因素消失了，竟接到香港中文大學的聘書，在一九九七這樣微妙的一年，切切實實與香港結緣。

七月一日，香港回歸。八月十四日，我到大學報到。

臨行前也同樣被人詢問：「為什麼去香港？妳不擔心回來之後原本屬於妳的都消失了？妳可能會失去讀者，失去許多工作的好機會。」我在心裡默默告訴自己，我也可能帶回來更好的禮物。憑著一點不計後果的任性，就這樣出發了。

雖然一年之後，我還是選擇回到台灣，但我確實帶回來許多禮物，很珍貴的朋友和學生；在語言不通的情況下，建立起來的教學信心，更特別的是，我所信任的幾位評論者都認為，香港經驗將我的寫作帶到一種未曾出現過的境界，可謂我個人創作生涯的一次轉捩點，一個小巔峰。

正是因為異鄉的那一點陌生感、飄盪感、惶惑感，使我的感官打開，大量接收外界的訊息，而後讓它們沉澱，變得更純粹而具體。香港，這地方對我而言有神奇的召靈作用，召喚生命與創作的靈感。這是我一直知道的。

☆

二〇一一年春日，雖然生活裡每個環節的運轉都穩妥而順利，但我心中總是有些很難捉摸的情緒升起，像是一種渴慕，一種匱乏。

到香港，例行的小旅行，住在太古面海的酒店裡，拉開百葉窗的那一刻，看見有點寂寥的海面，忽然萌發強烈念頭，我在心裡許願：「給我一段時間，給我一面有海的窗景，讓我在這裡好好的思索、感受與創作吧。」只是這樣想著，還沒決定該怎麼做。也許應該租個短期公寓？也許應該休一段比較長的假期？

當小旅行結束，那如同陀螺般旋轉不停的生活，佔據了我的全部。直到夏天，這個全然出乎意料之外的工作邀約，驀然出現。

許多媒體朋友問我：「妳考慮了多久才答應的？」當一座城市以這樣熱烈而神奇的方式召喚你，還需要考慮嗎？

我站在灣仔電車軌道旁，等著綠燈亮起，與許多匆忙的人一起橫越馬路。心裡突然明白，就在我面對大海許願的時候，這意念不僅出發，也已抵達。

鷹的城邦。

我感覺被什麼東西束縛住，
無法掙脫時，便出神地望著老鷹的翱翔，
看牠怎樣駕御著風；怎樣翻轉著氣流；怎樣疾行；怎樣凝定，
真是一派任意自由啊。

在香港遇見初識的人，禮貌地換過名片，常聽見對方問道：「妳的老鷹還來送禮物給妳嗎？」於是，我們便相視而笑了。我的——老鷹，其實是有故事的。

那是在我初初抵達香港的頭一個月，因為還沒找到新居，於是暫時住在砲台山的一間酒店裡。三十樓高的邊間，可以看見一片海景，還有客廳、餐廳與小廚房，算是一個可以安居的所在。適應新環境的緊張與興奮，使我睡得不多，但精神飽滿。約莫半個月之後，或許是真的疲累了，一入睡便是沉沉的黑甜。

有一天，太陽已經升起，我拉上窗簾準備昏天暗地睡個痛快，突然聽見沉重的

（左）剛到香港住宿酒店時，常來探望我的老鷹。
（下）老鷹有時為我捎來熱情的禮物。

撞擊聲，咚！是一種肉體的碰撞，結結實實地，撞在我的玻璃窗上。

我從睡夢中醒來，愣了一會兒，感覺有些驚悚，是什麼物件撞上我的玻璃窗？在這三十層的高樓？而後我告訴自己，應該只是夢，翻了個身，真的跌進夢裡。

過了兩天，我很清醒的一個早晨，再度聽見了那樣的撞擊。一鼓作氣地跳起身，拉開窗簾，於是，我看見窗外的平台上，有一隻老鷹正放下一條魚乾，很慎重地將那魚乾放好。然後牠抬頭，與窗裡的我對望了。

我睜大眼睛看著牠，牠也看著我，一點也不懼怕。

上一次的撞擊也是這一隻嗎？為什麼如此銳利的鷹眼竟會撞上我的窗子？

我突然轉身，赤著腳奔去拿我的相機，按下一次又一次快門，牠毫不介意地任憑我照了又照。直到我將相片放上微博，貼上臉書，說是我有了一個追求者，叩我的窗，送我一個愛的禮物，漂亮的小魚乾。只是追求者實在太熱情，叩窗叩得太投入，有點擾人清夢。這樣自娛娛人的文章貼好之後，那隻鷹才翩翩飛走。

我在辦公室工作，有點困倦地轉頭望向窗外，每次都能見到鷹姿翩翔；我在家裡寫稿，靈感稍滯的時候便眺望港島，也總能看見老鷹。朋友來探望我，抬著頭四處張望老鷹的身影，卻常常是看不見的。而我和他們約了去香港大學懷舊之旅，走在下坡路上，朗朗晴空裡，朋友們歡呼起來：「老鷹真的來了。老師在這裡，老鷹就來了。」

我笑著說：「因為我們都是『老』字輩呀。」

然而，在我心裡，真的是把老鷹當成守護者的。

過去來香港旅行，如今在香港小住，我感覺被什麼東西束縛住，無法掙脫時，便出神地望著老鷹的翱翔，看牠怎樣駕御著風；怎樣翻轉著氣流；怎樣疾行；怎樣凝定，真是一派任意自由啊。

或許是我的想法太過浪漫，有一回遇見一位教授，他問我：「香港很多老鷹啊，妳知道為什麼嗎？」我沒有說話，他停頓片刻之後，注視著我，一個字一個字地說：「因為香港的老鼠又肥又大啊。」

這答案完全是一個黑色喜劇了，但我只是微笑地點點頭，依然沒有說話。我相信他說的有幾分真實性，但我有我的角度，角度不同，感受也不一樣。

(上)這是一座奇幻的城市,
無論晴雨日夜。
(左頁)留下許多時間腳印的
石板街。

就像是在香港大學散步那天，年輕的朋友因為見到鷹的盤旋而驚喜，不斷抬頭仰望，我卻低頭看見了人行道上的白色字跡，很工整的書法，寫著：「冷血屠城，烈士英魂不朽。」

「誓殲豺狼，民主星火不滅。」

這是一段慘痛的歷史，香港依然有人記得，在這個孕育過許多精英的大學校園中，在這條或許是孫逸仙、或許是許地山、或許是張愛玲行過的路徑上，一個字一個字，寫下紀念。這是我喜愛香港的其中一個原因，很多事，以為香港人忘了，但他們都記得；以為他們無所謂，但他們非常在乎。

「那麼，除了老鷹之外，什麼原因讓妳這麼喜歡香港？」兩個香港記者和我談完老鷹與魚乾的經歷之後，提出了這樣的疑問。

我正置身於四十幾樓，透明玻璃帷幕外就是一幢幢高樓，興建在填海新地上。我說：「香港是這麼一座奇幻的城市，怎麼能不喜歡它？」年輕女記者皺皺眉：「哪裡奇幻啊？」

我站起身，指給她看，港島的IFC和九龍的ICC，都是蓋在填出來的地平面，拔地而起，靠海這麼近，一座頂上似乎是一個發射器，另一座底部更像是飛行翼，兩相對照，同中有異。這種像外星人飛行器的大樓還真不少，隔著幾條街，便是一百多歲的電車，以一百多年前的速度，叮叮行走在鐵軌上。再橫過一條馬路，就能走到古老的石板街上，感受著百年前人們交易的熱絡與繁盛。

我的手指比畫著，充滿熱情的講述著，彷彿我已經是在這裡生活好久的居民，迫不及待想讓外地人更了解，事實上，我才是剛剛抵埗的外地人。而兩個記者似乎是被我說動了，她們站在玻璃帷幕前，深深吸一口氣：「好像真的是這樣的呀，挺奇幻的。」

很多人以為我來香港的工作，是要使香港人更認識或更喜歡台灣，我自己的小小心願，則是希望藉由我的眼睛與角度，能讓香港人發現自己的美好。

我願像鷹一樣，展翅飛翔在這海岸的城邦，像鷹眼一樣銳利的，成為美的發現者。

一歌一賦，春天腳步。

踢啊踢的，許多歲月飛起來又消逝了，
而他們渾然不覺歲月之沉重，看那個男人旋身，用腰把毽子彈起來，
十六歲的把戲，此刻依然嫻熟。

那是在立春以後，雨水之前的某一個午後，我走過那條羅列著許多餐廳的窄小街道，陽光有一點，但不太明亮；冷風有一些，但不算砭肌，一雙靴子，一件斗蓬，剛剛好的散步心情。

節氣告訴我們，冬天已經過去了，空氣與觸感卻說，春天其實還未抵達。

走過兩家餐廳中間的小廣場，差不多放置五張桌台的空間，聽見了歡快的喊叫聲，轉頭便看見三個男人，約莫四、五十歲，正在小小的廣場上踢毽子，那束雪白色羽毛瑩瑩地發亮，從一個男人腳尖翻飛到另一個男人腳背上，他們傳踢著毽子，脫下的外套隨意搭在樓梯扶手上。樓梯與廣場一樣寬，在他們身後，彷彿無止境的

仰望著中環附近的建築物
總令人有驚喜。

延伸而上。

我站著看了好一會兒，被這樣快樂的嬉戲與夢幻般的場景所吸引，從他們的裝扮可以推測，他們應該是在附近工作的人，也許是廚師或是餐廳的侍應生，也或許是住在這兒的老住戶，可能他們從小就在這裡踢毽子，雖然更嚮往的是踢足球，但這裡怎麼可能有這樣的場地，那麼就踢踢毽子吧。踢啊踢的，許多歲月飛起來又消逝了，而他們渾然不覺歲月之沉重，看那個男人旋身，用腰把毽子彈起來，十六歲的把戲，此刻依然嫻熟。

時間在這裡，是停止的。雖然，僅僅幾條街外，就是緊張忙碌的金融焦點，一幢比一幢更耀眼的摩天大廈，路人行動如流水的中環。但是，這裡是個小小的桃花源，餐廳外桌台上喝咖啡的辦公室男女，微笑地看著三個男人踢毽子，身體不自覺的呈現出鬆弛的樣子。

✡

這裡是歌賦街，這次居住香港才發現的一條小街，只有一五〇公尺長。一八四〇年開闢的這條街，是以英國來港的海軍少將Hugh Gough命名的。

Gough，很有可能譯成「高富」或是「溝夫」，就像是Aberdeen Street翻譯成鴨巴甸街，或是Nelson Street翻譯成奶路臣街那樣，並沒有什麼不好，而是字與字的組合無法產生優美的意義與聯想。生活本身是粗糙現實的，因此更需要美好的想像，使我們熱愛城市生活。

我對這城市的熱愛，正是在極度的繁忙與速度中，找到悠閒緩慢的節奏。所以，好多年前，我就愛上了電車。當你會搭電車，並且能準確無誤的上下車，那麼，你才算是真正融入香港人的生活。我常這樣跟朋友說。他們來港探望我，搭乘電車也變成必備項目——不去迪士尼；不搭昂坪纜車；不看幻彩詠香江——但一定要搭電車。

「搭電車要去哪裡呢？」實事求是的朋友問。「沒有目的地，隨時想下就下囉。」如此隨性的回答，正是我的電車玩樂指南，難為了朋友也都能隨遇而安。

電車上層是我給自己的指定席，沒座位的時候情願站著，居高臨下看見的街道更完整些。在微微搖晃，舒緩的行車速度裡，突然看見，煲仔飯的招牌，便轉身問朋友：「想不想吃煲仔飯？」於是，我們便下車，吃了美食指南未列名卻異常美味的煲仔飯。

看見了再下車，一切都還來得及，不會有無法追尋的遺憾，這正是電車的慈悲。

搭了十幾年的電車，從來不知道車站是有編號與名稱的，直到前陣子一對夫妻好友來訪，不過一兩天，就能搭著電車港島任意行，我好奇的問他們：「你們怎麼知道，該在哪裡下車呢？怎麼認得出來呢？」他們也很好奇的問我：「不是都有站名和編號嗎？哪裡需要認呢？」原來是有編號和站名的嗎？這麼多年，我竟是靠著直覺與辨認街道的樣貌搭乘電車的，有一點點惆悵，還有很多的甜蜜，我就是這樣癡心的，像辨認情人的臉孔那樣，記住了這裡的許多細節。永誌不忘。

（右頁）短短的歌賦街是我的遊樂地。
（上）歌賦街上許多可愛的店鋪。
（左）電車上層是我給自己的指定席。

☼

過往每一次到香港旅行，總要搭一回天星小輪，感受真正的渡海旅程。這次來港，為了工作時常早出晚歸，這樣閒逸的心情差點丟失了，但我在高樓上眺望著天星碼頭，總覺得它在等待著我。

雨水過後，驚蟄之前，終於找到機會重回灣仔碼頭。

一九九五年在灣仔小住時，除了春園街，我最喜愛的就是這裡。隨著人群進入閘門，看見登船處的綠燈即將轉紅，大家都加速奔跑，而我放慢了腳步，安心等待下一班船。登船處的鐵門關上了，前一班船離開，海水好寧靜，碼頭上的人卻增多了，這裡很容易看見外國人，悠閒的等候著，有時候我們交換一個微笑。下一班船駛來，停妥，從對岸來的乘客下船，我們魚貫登船。

古舊的船身，木製長椅，可以翻動方向的椅背，隆隆的引擎聲與微微的嗆鼻氣味。船開動了，璀璨的海景次第登場，夜晚的海水也浮著紫色、紅色與靛藍的光，像是新調好的油彩。短短的，十到十五分鐘的航程，正好可以唱一首歌給自己聽。

渡海時必然有風，這一晚的風卻沒有寒意，只是潮濕的涼，像一種輕拂的手勢。我知道，自己在這裡，跟上了春天的腳步，緩慢的，走了小小一程，輕盈渡過了海。

此城·彼城。

我最喜歡穿越那些阡陌縱橫的小巷道，
吃一碗蛇羹、喝一杯現磨豆漿、買一束鮮花、拎一袋水果，
有時駐足仰望那些小樓上養著的盆盆植物，
十分滋潤，一種庶民生活的紮實感。

我很喜歡那些來到光華聽演講的香港朋友，他們聆聽時專注的神情，也感動著來自台灣的講者。當活動結束，我站在出口處，彷彿是家中宴會結束，送賓客離席的主人那樣。

賓客們帶著喜悅的笑容，有時眼瞳閃閃發光，他們從我面前經過，非常真誠的俯身對我說：

「謝謝。謝謝你們辦這麼好的活動。」

「謝謝你們把文化帶來香港，帶來這個文化沙漠。」

這時刻，我通常已經上班超過十二個小時，感到精神的疲憊與肢體的沉重，然而，聽見這樣的話，如此溫暖、振奮人心，我的心就像窗外維多利亞港的夜色，璀璨燃亮。

☼

其實，香港並不是文化沙漠，只是他們並不知道，如此而已。

前幾年銅鑼灣舉辦了一場「魯迅特展」，竟然有五十萬人次前去參觀，如果這場展覽在台灣舉辦，能夠吸引這麼多人嗎？

光華在二〇一一年深秋舉辦「台灣月」活動，邀請了文學家余光中、王文興與楊牧蒞港，酒會活動中一字排開的攝影機陣仗十分驚人，如果在台灣舉辦，會有這麼多媒體熱情參與嗎？後來余光中領著我去香港仔華人永遠墳場祭拜蔡元培先生，有一群知青記者聞風而來，興致勃勃的同行，安靜專注的聆聽余光中老師追往敘憶，那一天的陽光正好，海風有著悠遠的氣味，整個氛圍很五四。

有一天，上班的路途中，我看見一個交通指示牌，上面寫著：「獅子山隧道潮水式行車」。行車如何能夠「潮水式」？我的好奇與興奮高漲，迫不及待的貼上臉書，一方面與台灣朋友分享，一方面向香港朋友討教：「到底什麼叫做『潮水式』行車呀？」根據可靠人士回報，所謂潮水式行車，就是依照不同時段做出流量管制，好像潮水一樣，依照時段而有漲潮退潮。

我立刻聯想到「早知潮有信，嫁與弄潮兒。」這樣的詩句，潮起潮落皆有固定的時間，正像是信守著某種承諾。

春天的香港總是被煙霧瀰漫著，縱使有絕妙海景，也不見得看得清。但是聽見天文台報告天氣狀況時，一句「今日全港有煙霞」，心中的陰霾也就一掃而空了。這樣的地方，怎會沒有文化？怎麼可能是沙漠呢？

☼

多年前在香港小住，選擇的是灣仔春園街一帶，成為我最熟悉的區域。灣仔是個舊區，陳舊的屋宇、小樓林立，間雜著一些鬼佬（洋人）常常出沒的酒吧，以及推車式的傳統酒樓。我最喜歡穿越那些阡陌縱橫的小巷道，吃一碗蛇

（右頁）著名的春園街市總是色彩繽紛。
（上）典當了我的青春的和昌大押。

羹、喝一杯現磨豆漿、買一束鮮花、拎一袋水果，有時駐足仰望那些小樓上養著的盆盆植物，十分滋潤，一種庶民生活的紮實感。

我的灣仔小行腳，最終往往停在電車道旁的「和昌大押」，米白色的廣州式騎樓建築，興建於一八八八年，一個大大的「押」字。頭一次見到，同行朋友問我：「這是做什麼的？」

我看了看它的布局，直覺回答：「是當舖。」

後來見到香港的許多「大押」，不免想知道，究竟為什麼，香港人叫當舖「大押」呢？原來當舖按照資本數額的多少，經營範圍的大小，當期長短和獲取利息的高低各方面，分為「大當」、「大按」、「大押」、「小押」。所謂「大押」是一年期滿，月息三分，乃是財力並不豐厚，又需要周轉的人最合用的一種典當方式。

如今我重返香港，在灣仔上班，常利用午休時間，把自己熟悉的路徑再複習一次。那些沉舊而有庶民氣息的老樓都拆得差不多了，我惦念著露台上欣欣向榮的植物；傳統式酒樓早已物換星移，我記掛著推車上剛剛蒸好的美味點心；至於和昌大押，也在古蹟活化之後成了高級時尚餐廳，咀嚼著昂貴而平庸的口味，我好想知道自己曾經典當在此的青春，該去哪裡贖回？

☼

再返香港，舊地重遊，我有了淡淡的鄉愁。香港人的鄉愁更是濃得化不開了，他們童年的記憶，成長的痕跡，每一天都在消失。

「我最羨慕的是，台灣年輕人只要肯吃苦，就可以開一間自己的咖啡店。在香港，我們想都不要想。」那個二十七歲的年輕設計師對我說。

他也想要找一條安靜的巷弄，讓綠藤爬滿外牆，屋外築起白色短籬，養一隻狗，或是兩隻流浪貓，咖啡館裡流瀉著慵懶的爵士樂，才走到巷子口就能聞到虹吸式咖啡的香氣。他說他願意每天十點開店，直到晚上十點才打烊；他說他願意全年無休，任勞任怨，但還是不可能，因為租金太昂貴，完全無法負擔。

「在這裡，普通人是無法實現夢想的。」設計師苦笑著說。

因此，香港的普通人近來迷戀上台灣，他們流連在永康街與師大商圈；他們遠赴墾丁參加春吶；他們對於騎單車遊花蓮津津樂道；他們讚許光是鳳梨酥這一種點心就可以百花齊放。生活中許多夢想，竟可以在台灣成真。

攝影◎賀曾慶

到台灣過生活去，已經變成了年輕人的時尚生活。更是香港陸生奢侈珍貴的夢想，他們有許多早已完成學業，在香港的文化或傳媒界任職，聽見我是台灣來的，便迫不及待與我分享前陣子去台灣遊歷的經驗。表情是那樣生動亢奮，喋喋不休，最終得出一個結論：

「到台灣去，竟有一種回到心靈原鄉的感覺，明明是陌生的地方，一點隔閡也沒有。」

因為身分的關係，他們無法像香港人那樣任意進出台灣，所以在港陸人很羨慕香港人。

而香港人卻說：「我們真的很羨慕台灣人。你們可以一人一票選總統。」

☼

初到香港，諸事繁忙，連假日也滿檔，尋找住處的時間太過缺乏。但我總奢想著能有一個露台，看得見維多利亞港的煙花。

年少時總要與家人一起去淡水河看煙火，遼闊的河面上，看著一發發火藥衝上天空，奮力一炸，繽紛的彩色火花像噴泉一樣落下來，伴隨著隆隆震耳的炮聲，總令我感到激越的情緒，像是得著了奮鬥的力量。哪怕生命是短暫的，哪怕再多的努力最後依然是場空，但就像煙火這樣絕美壯盛的存在過，也不枉然了，也就值得了。

因此，從港島到九龍，看過幾處地方，最後訂下了維多利亞港邊，有露台的煙花海景，成為我短暫的居所。香港人將煙火叫做煙花，煙花易冷，淒絕美絕。

我的工作依然忙碌，並沒有自以為的閒情逸致，坐在露台品著香茗，看對岸港島一幢幢世界級建築，如何排比出舉世聞名的夜景。

因為港人不斷填海，港島與九龍的距離愈來愈近了，維多利亞的海水看起來更像一條河流，像我從小看慣的淡水河。

有霧的早晨，我剛起床，披衣站在露台上，望向對岸，建築物都在「煙霞」中，竟會有瞬間的恍神，以為自己回到故鄉，臨河而立。

孰為此城？孰為彼城？兩相對照的城啊，會有怎樣的明天？

回神時發現自己正置身在車陣當中，「獅子山隧道潮水式行車」的告示牌一閃而過，又是新的一天。

在沙漠種花。

我是在沙漠種花的人呀，若不匍匐又怎能栽種？
我依然堅持香港並不是文化沙漠，因我曾置身綠洲中，吹過清涼的風；
因我曾在沙漠種花，帶著滿袖的花香離開。

毫無遮攔的壯麗海景出現在眼前，港島的建築排列著，在秋日驕陽下閃動玻璃的光，我已經被蠱惑了。仲介人員熱心的說明：「這就是所謂的煙花海景啦！而且是最正的位置，坐在沙發上就能欣賞了。」在這空盪盪的房子裡，彷彿已擺上了舒適的沙發，泡好了我愛的大紅袍，還有一盤可口的點心，我和家人與朋友一邊吃喝聊天，一邊望著窗外的煙花絕景。彷彿，卻又如此真實。

此次來港居留，找房子是一件緊迫而倉促的事。抵港時住在酒店裡，正巧是事務最繁多的十月，每天睜開眼就得趕著出

維多利亞港邊的家依然
令我留戀。

門，回到酒店除去鞋子已經睜不開眼了。連星期六和星期日也是如此，而我預訂的酒店一個月租期即將屆滿，必須得找到一個固定的，比較像家的住處。於是，在極有效率的香港地產公司陪同下，展開了密集式的「安家大業」。

雖然不只一個香港人對我說過：「租房要租在港島，別住九龍呀，這是身分的表徵。」但我的工作已在港島，望向九龍；若住在九龍，望向港島，不就一覽無遺了？況且，誰又能抗拒眼前的夢幻美景？

那一天的海水，藍得透亮。就在我決定租下的前一刻，一低頭，看見了環繞著的地盤，好大一整片地盤，停著許多機具，只是因為星期日休息，並沒有施工。我問了一句：「這裡有工地呀，會不會太吵呀？」「不會的，不會的。」仲介說：「樓上聽不見什麼聲音的。」

既然能把工地看得那麼清楚，工地的範圍又那麼大，停放的器械那麼多，怎麼可能不吵呢？這根本是一個常識，而我在潛意識中忽略了它。在密集看房的過程中，我已經感到深深的疲憊，不想再飄蕩了，只想安頓下來。於是，我點點頭，一切底定了。

陪同看屋的香港學生，有著二十年交情的Ho，興高采烈對我說：「大年初二晚上，可以來老師家看煙花啦。」「我給你貴賓席。」我開心的說。

簽約付過按金的那一天，同事陪我去新家丈量尺寸買家具，才進房便聽見隆隆的聲響，一種潛伏的壓力，從窗外襲來，我打開窗，施工的嘈雜尖銳沉重，各種噪音匯成河流，淹沒了空無一物的房子，使它變得無比擁擠。

我倒抽一口冷氣，心裡想，不會有十全十美的事，這就是人生。像是認了命，又像是達到了另一種豁達的境界。

搬進新家之後，我再也不需要鬧鐘這玩意兒了，每天八點整，有時甚至不到八點，勤奮的工人與土地的激烈搏鬥，必然能將我吵醒。不管早晨出門前將房子清掃得多麼乾淨，晚上回到家肯定是一層沙土，日復一日。香港人興奮的告訴我，這是高鐵站以及西九文化區的興建工程，將來完工之後……「將來，是多少年？」我迫切想知道的是這件事。「五年到十年吧。」我默默無語，繼續低頭擦桌子。

☼

冬天裡年邁的父母親從台灣來，我陪著他們在樓下的商場散步，逛上一圈

（右頁）從陽台上清楚望見我上班的中環廣場。
（上）在香港任職的最後一場記者會。
（上左）主持活動時專注的時刻。

得走一個多小時，不必風吹日曬雨淋，也不必擔心寒流的冷鋒，他們在恆溫、安全、舒適的環境中進行早起的晨運。而後又在有機超市購買蔬菜水果，回家料理。冬日的陽光是很和煦的，渾身痠痛的父親常臨窗而坐，曬足一兩個小時的太陽，他的痠痛竟然不藥而癒，身體硬朗了，心情也開朗了。

父親和母親常隔著一片海，望向港島，我的辦公大樓，看著日影退去，燈光燃亮，差不多是下班的時候了，於是，進廚房去準備晚餐。

有一天，海上起了點霧，我要出門上班時，父親站在窗前望著我的辦公大樓，對我說：「常常我在這裡看妳上班的地方，總覺得好像一個教堂，尤其是在黃昏或是起霧的時候。」我站在他身邊，與他併肩，他一輩子都是個低階公務員，勞碌的工作，任勞任怨又認命，一方面負擔著養家的重擔，一方面又把貢獻國家社會的使命放在心上。「妳啊，每天去上班都要有一種神聖的心情呀。」我的心裡震動了一下，沒表現出來，只是輕聲回答：「我會的，請放心吧。」幾天之後，遇見一個香港媒體，正好談到我的辦公大樓，說頂樓就是一間教堂呢，常有人在裡面做禮拜。我的心又震動了一下，老人家原來是有點神通的。

在香港擔任公職的時間雖然短暫，我卻像個過動兒似的，規劃著一項又一項文化推廣活動，還把這些活動帶進了大學與小學，就像個殷勤的農夫，埋著頭種下一株又一株小樹苗。

「妳不覺得香港是個文化沙漠嗎？」香港的媒體不只一次這樣問我，我說我不覺得，因為我真的看見許多香港有心人，非常努力的開墾出一片又一片綠洲，他們的努力應該獲得更多的鼓勵與掌聲，不該被忽視的。報上刊登了我的話語，卻畫了一幅圖譏諷我，畫中的我匍匐在一片沙漠上，卻還掩耳盜鈴的說，香港不是沙漠。

瞭解我的朋友為我感到不值與疼惜，我看著那幅畫卻很樂觀的想，我是在沙漠種花的人呀，若不匍匐又怎能栽種？我依然堅持香港並不是文化沙漠，因我曾置身綠洲中，吹過清涼的風；因我曾在沙漠種花，帶著滿袖的花香離開。

之三 ·

小女兒爲什麼指定了一朵花呢？其他的居然都不要。
應該要從最初的最初講起。
那一年戰爭剛剛平息，煙硝與鮮血，淚水和離散，
一層層落在土地上，而後，黑暗的大地，
開出了第一朵花。
她誕生在春光爛漫的三月天。

那是她瞳仁裡最初的印象，
也成了她一生的追求與渴望。

給爸爸的情書

他們都說我像你

我感激這樣的經歷，感激你在自己毀壞的童年廢墟上，
守護了我柔軟安全的童年城堡，還為我栽種了一些花草與果樹。
讓我充滿希望的慢慢長大。

親愛的老爸：

當藥劑師把藥放在櫃台上，對我說：「藥好囉。」我著實愣了一下，感覺時間似乎倒轉了，讓一切重來一次。剛剛我才從這裡取走了自己的藥，一模一樣的藥盒，現在又來一次？當我遲疑的時候，藥劑師對我說：「這是爸爸的藥喔。」是的，這是你的藥。我頭一次到藥房為你的連續處方箋代領，治高血壓的藥，卻萬萬沒有想到，你一直吃的血壓藥，與我吃了半年的血壓藥，竟然是一樣的。

有什麼好詫異的呢？我們是父女。不是嗎？

我像你。從很小的時候，人們就這麼說。他們說，我的額頭像你；我的嘴唇像你；我的手腳都像你；我的皮膚像你；我的同字臉也像你。

人們常在說完我像你的評論之後，加上這麼一句：「女兒像爸爸最好啦！」到底哪裡好？從來沒有人說明。如果是像媽媽，難道就不好了嗎？也沒有人解惑。但這些年來，說我像媽媽的人卻愈來愈多，沒什麼人說我像爸爸了。你會不會和我一樣，有點悵然若失？那個與你相像的，年輕的女兒，到哪裡去了？

創作三十年，我從沒寫過與你之間的疏離或糾結，這樣近似無憂的童年，使我永遠成不了深刻的、一流的文學家。但我感激這樣的經歷，感激你在自己毀壞的童年廢墟上，守護了我柔軟安全的童年城堡，還為我栽種了一些花草與果樹，讓我充滿希望的慢慢長大。

出生在民國十七年的你，是戰爭、饑荒與貧窮的孩子，大陸北方的農村裡，爺爺卻堅稱自家乃是「書香門第」，「其實家裡一本書也沒見到。」你是這麼說的。話雖如此，門第的規矩卻很多，客人來的時候，孩子們得排成一列

「站門坎兒」，聽候召喚。偏偏常是吃不飽的，站在門邊特別吃力，這是爺爺努力撐住的一種門第吧，可惜愈是如此愈見落魄。

你是家中最小的孩子，原是多餘的，也是負累，卻體弱多病，七災八難的，弄得大人挺不耐煩，總是吼你。

有一次你跟我們說起小時候睡在炕上，半夜裡哭醒的事，那突如其來的痛啊，像是被尖刀刺了，又像是火燒著，痛得難以忍受，失聲痛哭。大人不問青紅皂白就是一頓吼罵，說不定還狠打了幾下，你只得忍著、憋著哭，後來也就昏昏睡去了。第二天早晨，大人掀起被子，看見一隻蠍子，被你壓扁在身下，才知道昨晚你被蠍子螫了。那該有多痛啊！可是你沒被獲准哭，你只能憋著，那麼幼小的、無助的你。這只是其中一件小事，我不敢想像你的童年，那浸泡在淚水中的，失愛的童年。

一個不被愛的孩子長大之後，能成為充滿愛的父母親嗎？不僅僅是缺乏愛，還有忽略，我後來覺得那是很深的創傷。

你有兩個哥哥，他們都比你優秀，你常說你是最平庸而又病弱的。兩岸隔絕三十幾年後，頭一次你和老家的親人連繫上了，卻要花好多時間與好大的氣力解釋你自己是誰。親人們只記得二伯父，對你彷彿相當陌生。你並不介意，竭盡全力，想方設法的給每一家寄美金，試著照顧每一個人，企圖改變他們的生活。

一九八八年開放探親，你匆匆忙忙的辦理退休，為的就是要重返故里，回到親人的懷抱。

我們是第一批返鄉者，每個人都帶著「三大件、五小件」提貨單，幾番轉折，相當艱辛的跋涉著。沿途見到被扒竊的、丟失證件的、證件不足的，操著外省口音，南腔北調的叔叔伯伯們，悽惶哭號著，那些聲音匯聚成一條河，伴著我們走過一程又一程。那時候媽媽病了，時不時發著高燒，而你返鄉的情緒亢奮著，難以成眠。

好不容易我們搭乘火車，終於到了石家莊，即將見到你的親人們。

火車進站，月台上的親人們搶著上車來扶你，又哭又叫的喊「二舅」、「二叔」，但你根本不是他們所以為的那個人，他們並不知道你的存在，你是被忽略的。我在你身後，料理著裝滿禮物的行李，聽你分辯著自己是自己，而不是別人。聽著親人們困惑而無法反應的靜默，我的心裡真的好難受。

儘管我曾經因為自卑而把自己深深隱藏，但你從來沒有忽略過我。

三十四歲那年，你成了父親，從醫院裡捧著早產孱弱的第一個孩子回家，那個皺巴巴、紅通通的小貓咪一樣的小生命，連呼吸和心跳也難以察覺。每隔一段時間，你就要將手指湊近我的鼻尖，確認我還有氣息。也許因為我是頭生子，也許因為我是女兒，大家都說你特別寵愛我。每天你下班回家，便把我抱起來仔細端詳，只要看見皮膚上有一粒小紅點，就要興師問罪，追根究柢了。你的好友嘲謔的說：「這還真奇怪！平常都說眼睛不好，怎麼女兒身上紅一點點，就能看得那麼清楚啊？」

滿月的時候，你幫我照了一張相，我戴著帽子，穿著鞋襪，媽媽的手在身後撐住我，讓我保持坐姿，我的神情，真的有點有恃無恐啊。

童年時，你是個嚴厲的父親，對我和弟弟的言行舉止嚴加管束。家裡有時也會聽見你雷霆般的吼聲，我和弟弟被嚇得不敢動彈，但我真的感謝你在我小時候便給了我規矩方圓。

但我也無法擺脫，遺傳自你靈魂深處的懦怯與缺乏自信，因為懦怯，我從不與人爭，明明受了欺凌與壓迫，卻強迫自己忍著、憋著，彷彿散發出一種訊息，告訴那些想要試試自己力量的人，這裡有人忍氣吞聲。於是，從幼稚園開始，放學時有男生一路跟在我身後丟石頭；念國中時，遭遇了一整個學期的霸凌；直到唸了博士班，依然被同學強勢排擠，只因為他們覺得我沒資格唸博班。在那樣的壓迫下，我也懷疑自己是不配得的。我的書暢銷，但我不配；我的課業成績好，但我不配，我察覺到自己缺乏自信。

所幸我也想到，你和媽媽對我的愛，哪怕是在我表現最差的時候，所有人都放棄，但你們並沒有放棄我。當我想要放棄博班進修，你對我說：「爸爸小學都沒畢業，我什麼都沒有，只能拚命供妳唸書。有了生活的本事，不要看人家臉色過日子。」我知道我必須變好，必須相信自己能做到，不讓你失望。為了養活這個家，為了給我們比較好的生活，你工作的每一天都忐忑不安，等你退休之後，我希望你能過著舒坦的日子，我希望因你是我的父親，而能有更多人跟你打招呼，對你微笑。

念大學時有幾個男生對我表示好感，但我總是意態闌珊，朋友問我：「妳到底想要找什麼樣的男朋友呀？」我說：「像我爸對我這麼好，就行啦！」朋友怪叫：「怎麼可能呀？我看妳很難嫁了。」她真的說對了耶。經過漫長的歲月驗證，在這個世界上，再不會有一個男人，比你對我付出得更多了。

我從你的身上看見，不被愛的孩子長大後，源源不絕的付出愛。這讓我對愛充滿信心，讓我可以無私的去愛更多人。

親愛的老爸，我已初老，卻仍可以在你面前像個小女孩，這是最貴重龐大的幸福。我把你的血壓藥和我的血壓藥放在一起，這是我們家族的遺傳吧，雖然我知道我已經變成了不同的人，但我依然像你。真是太美好了！

請繼續健康快樂的過生活吧。

愛你的女兒　曼兒　敬上

VOLFND
AMSTERDAM

六歲的大饑荒

她和大姑娘手牽著手一起玩，大姑娘的手軟得像棉花，她牽住了就不想放開。肚子餓的時候，大姑娘餵她吃好香的桂花糕，還給她喝蜜一樣的乳漿。

么鳳跨進門檻，身體裡熊熊燃燒的那團火忽然熄滅，成一團灰，直直墜落到底。其實根本沒有底，整個身子都是空的，空到痛，空到暈。

她加快腳步，越過小小院落，推開廚房門，一股乾燥的、黃土的氣息撲面而至。水缸已經乾得龜裂了，所有盛裝食物的籃簍都倒懸著，灶上一點煙火氣也沒有。么鳳張開嘴，大聲喊：「媽！媽——」

「我、好、餓！」餓字，是從空空的身子裡迸出來的，接著放聲大哭。

她的腳下是黃土高原，她的頭上是藍到無法凝視的青天，天空一絲雲也沒有，黃土地都乾裂了，裂出一條一條口子，有時候她幻想著那些口子愈來愈大，把她吞噬了。把所有人都吞噬了，他們就不用再找吃的了，他們就可以真正的休息了。

小時候總纏著媽媽說故事，媽媽的故事裡都是「逃」，起先是逃日本鬼子，後來是逃土八路，再來就是餓，是饑荒。什麼吃的都沒了，便去找野菜，野菜也吃完了，於是啃樹皮。常常是在月亮底下，幾家的孩子坐在一起聽故事，嘴裡含著家裡自製的紅豆冰，或是哪一家的媽媽炸的鹹麻花。坐不住的孩子，被螢火蟲一閃一閃撓得心癢癢的，一個一個開溜了。

「逃」呀，「餓」呀，這樣的事與我們一點也不相干。

夏天的夜裡熱得睡不著，也央著媽媽說故事：「就說你們在黃河邊上等船的事兒吧，等了七天七夜的……」

媽媽為我們打著扇子，一邊開始說了。奇妙的是，她像一張唱片似的，唱針放在哪兒，就從哪兒開始，從來不紊亂，順溜著往下說。我就是她的唱針，沒有理路的，想到什麼就要聽。

「那是在逃什麼？日本鬼子嗎？」這唱針不安分，時不時還要擾亂一下。

「主要是逃饑荒吧。」媽媽回答。她上次和上上一次也是說饑荒，那就肯定是饑荒了。我安心的躺下來，繼續聆聽，聽著聽著，睡著了。

漸漸地，沒有聽故事的耐心了。

「有沒有不講饑荒的故事呀？」唱針的要求真不少。

媽媽的故事層出不窮，她講十三歲那年來台灣之後的事，鄰居送了一顆木瓜給他們吃。

「很大很重的木瓜，一切開，大家都退避三舍，那個味道真是太難聞了，沒人敢吃，最後丟掉了。」

「木瓜哪裡難吃呀？」我們聽得怪叫起來：「那麼好吃的東西，你們竟然不敢吃。」

「吃不慣嘛。」媽媽笑得靦腆，像個小女孩：「我們在老家哪裡見過這個？後來就吃慣啦，覺得很好吃啊。」

饑荒、逃難這樣的事，不再說了。和我的童年一起，深深的塵封了。

直到最近，偶然間看到一九四二年河南大饑荒的檔案，一千萬人受災，三百萬人餓死。我飛快的算了算，那時候，媽媽正好六歲。

原來，饑餓與逃難，不僅是我的床邊故事，是真真切切的歷史。

我的媽媽，曾經歷的六歲大饑荒。

六歲的孩子不應該累，但她渾身一點氣力也沒有。

么鳳的娘總是叨念：「為什麼這孩子整天窩在家，哪兒都不去？趕都趕不走。妳們姐兒幾個小時候天天跑出去野著，叫都叫不回來。」

么鳳的二姐惜鳳，梳理著么鳳的一頭蓬亂黃毛對娘說：「媽，這不怪她。我們那時候天天吃得飽飽的，哪個想要回家呀？小妹天天沒吃的，她餓著呢。」

「飽」，伏在惜鳳腿上的么鳳聽見這個久違了的字，她覺得這個字已經消失了，再也不會回來了。很久以前，娘會這麼問：「么兒呀，妳飽了沒有？」她記得娘曾經這樣問過她，只是這個字再也不會出現了。她總是哭，對擰著眉的娘說：「媽！我餓。」

兩個姐姐過來把她拖走，比她大三歲的三姐巧鳳喝斥她：「就知道哭！誰不餓呀？一直哭就有東西吃嗎？」

二姐惜鳳總是安撫她：「么鳳不哭了，二姐帶妳去外頭瞅瞅，有啥好玩的。」擦乾了她的鼻涕、眼淚，惜鳳牽著么鳳往外走。

從巧鳳身邊走過時，么鳳轉頭對她扮了個鬼臉，巧鳳當然不甘示弱，也拉下眼角，頂開鼻孔。

她們倆從小就是對頭，巧鳳在家裡當老么，當得十分愜意，不料竟然還有個妹妹要來。這個妹妹才是真正的老么，連名字也取作「么鳳」。么鳳見了人就笑，很得人緣，反應又快，頑皮起來比男孩子還野，安靜的時候卻能一聲不吭。巧鳳覺得么鳳來了之後，她受的寵變少了，受的罰卻變多了。

還有糧食可以吃的時候，么鳳很挑嘴，小小的娃娃，能吃一大碗麵片兒拌醋蒜，唏哩呼嚕的，筷子還用不好呢，吃得又快又香。可是玉米麵窩窩頭這種粗食，她就不吃，伸著脖子，吞嚥十分辛苦的樣子，一口窩窩頭在嘴裡轉個老半天，眼淚都轉出來了，只好猛喝面前的稀麵條。

「吃不下去呀？」娘總是心疼么兒，這么兒只有四歲。

「窩窩頭好吃得很。」巧鳳大聲的說，仰著臉睨么鳳。

「妳幫妹妹吃吧。」么鳳的娘把窩窩頭塞給巧鳳，順手把巧鳳的那碗稀麵條倒了一半在么鳳碗裡。

巧鳳的窩窩頭一下子卡在喉嚨裡了。

么鳳隨著惜鳳從家裡出來，經過荒蕪的田地，走過一叢短樹林，除了枯木乾枝，一片葉子也沒有。天地之間非常安靜，沒有鳥叫蟲鳴，更聽不見雞啼狗吠，除了人，所有活物都被吃掉了，草和葉子也一片不剩。接下來還能吃什麼？

么鳳並不知道，不久之後，這些樹皮救了他們的性命。

她想念窩窩頭了，那是糧食，已經很久，他們沒吃過糧食了。

「二姐。」她小小聲的問：「妳想吃啥？」

她們坐在小溪邊，隆起的土堆上，么鳳記得溪裡原本有魚，嘩嘩流動的水，夏天很多孩子在溪裡嬉戲，濺起的水花好高。但現在溪已經乾涸了，太久沒有下雨，到處都是腐朽的氣味，到處都是黃土的顏色。

「我什麼都不想。想吃的做啥？咱們別想，哦。」二姐的腰挺得直直的。

「我想吃窩窩頭。」么鳳說，她也學二姐把腰板挺直了。

嗤，惜鳳笑了。

「妳根本不喜歡窩窩頭。妳呀，喜歡吃玉米。」

「玉米是啥？」

惜鳳有點詫異，望著么鳳，而後她明白，么鳳已經忘記了。

惜鳳拉起么鳳的手，用她細瘦的手腕到手肘這一段比劃著：「玉米穗兒差不多這麼長，一條一條的，緊緊實實的長著一粒一粒玉米，像牙齒似的，排得好整齊。那年頭啊，玉米都是豐收的，房簷底下一長串一長串的掛著，有白色的、黃色的，還有紅色的，吃都吃不完。家裡隨時都有蒸好的玉米，娘給了妳最大一穗兒，還是紅色的呢，巧鳳見了不服氣，扳過妳的手來，狠狠一口用力啃，妳沒命的大哭。大人都笑壞了，說么兒真小氣，三姐咬一口玉米，要她的命似的。後來才發現，巧鳳把妳的手指甲給咬壞了。」

么鳳不問玉米好吃不好吃，問了也沒有用。她低頭看著自己的食指，指甲裡那隻黑漆漆的蟲子，原來是這樣來的。她不記得那樣的疼，也不記得玉米的滋味了。

惜鳳也低頭看著么鳳的手臂，這個小妹自小就沒胖過，因為她太活潑好動了，讓太陽曬得黑亮亮的，光滑結實的腿腳，四處亂跑。可是，現在的么鳳，手臂只比麻桿兒粗一點，肚子圓鼓鼓的突出，因為總是哭，面頰上留著光亮的淚痕。

惜鳳深吸一口氣，指著不遠處夕陽下傾頹了一半的磚土：「么兒！記得二大爺家的穀倉嗎？」

二大爺家的穀倉，是二大爺蓋的，但二大爺已經過世許久了，現在人們喚的二大爺可能是二大爺的兒子或孫子，但村裡人習慣性的這麼叫著。他們家的穀倉是全村最大的，很空曠的兩層樓，中間的大廳是米糧交易的地方，挑高式的，屋頂天窗的陽光大片的灑落，明亮溫暖，至於那些穀糧，則存放在背光陰暗的地方，一大袋一大袋，鼓騰騰的壘著。家家戶戶都有自己的閣樓存糧，過剩的糧食就送到二大爺的穀倉來，等候交易。幾天交易過後，大人的口袋裡換得不少錢鈔，孩子們也就添了新衣新鞋。交易過後，穀倉變成了孩子們的遊樂場。

那裡曾是么鳳最喜歡的地方，和一群同伴在裡頭爬上爬下，玩得不亦樂乎。孩子們笑著、嚷嚷著，夾雜著小狗歡快的吠聲，以及母雞受驚之後拍翅鳴叫的聲音。饑荒來了之後，許多人家陸續逃荒，她的同伴走得差不多了，奇怪的是，穀倉也在某個夜晚坍塌了。

「那時候妳才兩、三歲吧，我們都帶著妳去穀倉玩，大姐還沒出嫁呢。有一天，我們在玩捉迷藏，突然就遇見了一個大姑娘……」惜鳳的話被打斷。

「我記得。」么鳳望著穀倉，輕聲的說。

「妳還小呢，哪裡記得？」

「我記得那個大姑娘。」么鳳轉頭看著惜鳳，很篤定的重複。

大家總說么鳳不記得那天的事了，但她就是記得。

她記得是大姐牽著她爬上樓梯的，一群孩子在遊戲，他們都比她大，跑來跑去，大聲的叫嚷嬉鬧，跑跑跳跳之間，許多塵土揚起來。空氣裡有糧食陰暗乾燥的氣味，一顆顆浮塵粒子發著光，在她面前旋轉，她伸出手想要捉住一顆。

她轉著圈圈，彷彿捉住了，張開手掌卻什麼都沒有。再捉一次，還是一樣。

突然，她聽見了，細碎的笑聲。

么鳳知道這笑聲不是來自姐姐，也不是這些瘋狂追逐的大孩子。她轉頭，便看見了，一個大姑娘。

大姑娘渾身瑩白的緞子衣裳，兩條油光水滑的辮子垂在胸前，高高坐在堆疊的糧食上，晃盪著兩條腿，穿一雙漂亮的繡花鞋。明明是坐在陰暗的角落，全身卻發著光。么鳳從沒見過她，卻一點也不怕生，姑娘的雙眼盈盈漾著笑意，那笑意好像要從眼睛裡流出來的樣子。么鳳看得目不轉睛，看見大姑娘向她伸出手，聽見她對自己說：「來，陪我玩兒。」

糧食袋堆放得並不整齊，參差著，正好成為可以攀爬的階梯，么鳳邁出步子，一點一點往上爬。

「啊！快跑！」不知是哪個孩子大叫，所有的孩子「轟」一下的亂成一片。

「大仙！是大仙！」

么鳳被大姐喜鳳扯下來，背在背上，和其他的孩子爭先恐後的從二樓奔下一樓，奪門而出。

「那一天呀，妳差點就讓大仙給拐走了。大姐和媽都嚇壞了，妳後來生了幾天病，發著燒，還一直說夢話呢。」

娘和姐姐都說她生病了，病了好幾天。

么鳳記得的卻不是這樣，她記得自己在大姐背上，一直回頭望著大姑娘。大姑娘笑著，一伸手就攬住了她，而後，她們一起穿過屋頂的天窗，飛到了一座美麗的花園裡。草地軟軟的，可以撒開手腳翻滾，各種顏色的花瓣兒輕輕飄著，當她累了便落在她身上，像被子一樣的輕軟暖和。她和大姑娘手牽著手一起玩，大姑娘的手軟得像棉花，她牽住了就不想放開。肚子餓的時候，大姑娘餵她吃好香的桂花糕，還給她喝蜜一樣的乳漿。

「么兒！我的么兒喂！」娘在叫她。聲音遠遠的從另一個世界傳來。不僅在叫喚，還夾著哭聲，一陣又一陣的，於是，么鳳想娘了，她想回到娘的身邊，她也想念姐姐，想念會唱好聽歌兒的喜鳳，耐心講故事的惜鳳，以及總和她爭搶的巧鳳。她想念家裡人。

「妳病剛好的時候，人還傻傻的呢。他們都說莫不是讓大仙把魂給勾去啦？妳知道大仙是啥吧？奶奶總不讓人說，說是大仙會生氣。根本就是迷信。」惜鳳挨近么鳳耳邊：「大仙就是狐仙，狐仙就是狐狸精。說穿了就是偷雞的，賊！」

么鳳好像一直都知道大仙是啥，她沒覺得害怕，只是記著那雙眼睛，記著那些不愁吃的日子。聽著惜鳳說起往事，她不禁想著，如果那時候真的讓大仙帶走了，現在是不是就不必捱餓了？

媽媽離家三十幾年後，和老家連繫上了，外公早已過世，外婆竟然還在，已經快八十歲了。大姨媽的兒子寫信來說：「外婆身體還算健朗，沒想到有一天能聽見小姨的消息，這麼多年來，最放心不下的就是小姨了。你們什麼時候能回來？外婆說，見上一面也就死而瞑目了。」那時兩岸還沒有開放，返鄉是不可能的事，媽媽讀著信總是哭，哭著對我說：「我媽等我呢，我媽等著見我呢。」

我知道她不能回去，她也知道她不能回去，外婆卻不知道，不知道分離了三、四十年，親娘和女兒為什麼不能見上一面？

河南的來信，一封又一封的催：「外婆的身子漸漸不行了，吃的少了，話也少了，睡的時候多。但是只要聽見門口有動靜，便一定撐著身子去看。每次都說：『是我女兒回來看我了。』」

有一回，河南大表哥的信，倒是讓媽媽笑了，信上說：「替外婆祝壽，我送了一顆上好大白菜，外婆非常高興。」

我們在一旁瞎起鬨：「大白菜是很貴重的禮物呢。」

媽媽說：「以前老家沒吃的，我奶奶成天叨念著：『真想吃白菜粉絲呀，好久沒吃啦，白菜粉絲真是好。』我媽呀，我姐姐呀，她們都求著奶奶別說了，簡直是做夢呀，連野菜都吃光了，只能刨野菜根吃，還念著白菜粉絲做什麼？」

「野菜根，什麼味道？」我好奇的問。

「吃野菜根，吃樹皮，拉不出屎來。」過了半晌，媽媽才幽幽的說。

日本人進縣城了，消息很快傳開來，么鳳的娘帶著她們姐妹，把所有能藏的東西都藏起來了，像是在外地做生意的爹扛回來要給惜鳳的嫁妝，一面穿衣鏡；兩把堅固的太師椅；幾床鋪蓋棉被；兩箱好一點的衣裳；過冬的棉襖、棉褲；爹留在家的一雙皮鞋，等等，全搬到地窖裡去了。第二天，日本軍隊就進了村子，挨家挨戶的搜索，只要是他們看得上眼的通通搶走。

日本兵一進村子，便有人來通報，「鬼子來了，當心姑娘！」娘立刻放下手中的活兒，大聲喊著：「惜鳳！巧鳳！」聲音聽起來很淒厲，么鳳也跟著喊。

惜鳳和巧鳳立刻牽著手往外跑，鄰舍幾個長辮子的姑娘也一起跑出來，總有個帶頭的小夥子，帶著她們跑過幾座院落，爬上一個梯子，翻過牆，滑進隱密的地窖裡，躲避災禍。等到日本兵出了村子，小夥子再把她們放出來。

那一天，娘不在家，通報的人從門前跑過一邊喊著：「鬼子來了，當心姑娘！」正在挖螞蟻窩的么鳳抬頭對奶奶嚷著：「鬼子來了！」

耳聾的奶奶一邊織布一邊問：「誰來啦？」

么鳳跳起來，竄進屋子裡尖厲著嗓子大喊：「惜鳳！巧鳳！鬼子來啦——」她在屋前屋後跑進跑出，看不見半個人影，心裡又急又怕，正想著去告訴奶奶，便看見幾個日本兵進門了。

奶奶見到日本兵便慌了，招手叫她過去，她跑到奶奶身邊，握住奶奶冰涼的手。

「跟他們說，沒人，家裡，沒人。」奶奶推著么鳳。

么鳳一句話也說不出，小小的心臟快要跳出來了，胸腔幾乎要爆裂開來。有個日本兵拿起織布機上的梭子，端詳一番，嘰哩咕嚕說了幾句話，袖在身上就要帶走。

「這個不能給！」奶奶發狂似的，拐著小腳衝上去搶，日本兵甩不開奶奶，掄起梭子就打。么鳳撲過去護著奶奶，那狠狠一下子就打在了她的頭上，叩，重重一響，鮮血汩汩的流下來了。

日本兵離開後，奶奶為了梭子哭得呼天搶地，姐姐不知去向，娘也不曉得什麼時候才會回來。么鳳按著頭上的傷口，出門去找姐姐，她猜想也許姐姐在外面聽見風聲，已經安全躲藏起來了。

她一個人，晃晃悠悠的走過幾座院落，來到那堵架住梯子的土牆，梯子已經收走了，土牆上坐著一個人。

好久不見的大姑娘，依舊是白衣白褲，梳得好整齊的辮子，穿一雙漂亮的繡花鞋，眼裡全是笑意，溫柔的凝望著她。

「么鳳兒。」她的聲音清澈得像溪水，輕輕叫喚著她，那呼喚飽含著情感。么鳳原本只是懼怕，這一瞬間全成了傷心，她的淚湧了上來。

姑娘從牆頭躍下，輕盈得一點塵土也沒揚起，她伸出手，么鳳看見她掌中的桂花糕。

這一定是在作夢了。么鳳想著，頭上的血流進眼睛，她閉上眼，再睜開，站在面前的是一個日本兵。

一個很年輕的日本兵，正彎腰望著她。

她應該尖叫，應該逃跑，但她已經沒有力氣了，飢餓加上恐懼，令她十分衰弱。日本兵伸出手，似乎想要碰觸她的傷口，她像麂子那樣靈敏的閃開了。日本兵攤開雙手，再度望著她的眼睛，么鳳看見那也是一雙溫柔的眼睛，而且那不是一雙大人的眼睛，是一雙孩子的眼睛，么鳳知道自己不害怕那雙眼睛。

她突然嗅到一股香氣，令她微微顫慄的，真正的食物的香氣。

日本兵向她遞上一塊餅乾，她僵立著，一動也不動。

「吃。」年輕的日本兵對她說，催眠似的說著：「吃。」

她發覺身子抖得更厲害了，食物在面前，就在這麼近的地方，她顫抖著，淚水止不住的落下來。

牆外傳來幾聲吆喝，日本兵拉起她的手，將餅乾放在她手上，迅速的轉身離開。空空的院落，沒有日本兵，沒有大姑娘。她的眼前一陣黑，失去了知覺。

么鳳受了傷，頭上的傷口一鬆一緊的跳著痛，但她知道自己是安全的，雖然不是清醒著，卻也不是完全的昏迷。她感覺自己回到了家，躺在床上，總有人在身邊守著她，低聲說話。偶爾聽見大聲的喊叫，必定是奶奶來問狀況了。

「這孩子真是有孝心的，別瞧著她年紀小，膽量可真大！」奶奶不知對誰說著。聲音特別響。

屋裡還有其他人，壓低了聲音，嗡嗡的音頻，似乎討論著什麼事，感覺跟么鳳無關，於是，她放鬆了，準備陷入深深的眠夢。

「這麼一大家子人怎麼走得了？」又是奶奶拔高的聲音。

「這都是祖產，說啥也不能賣！」

「等著天下雨，下幾場雨，全好了，沒事了。我經過的饑荒都是這樣，說啥也不賣！」

一切突然安靜了，像一個口袋被收束起來。

么鳳醒來時，看見了回娘家暫住的嫂嫂，坐在床邊，攪動著一碗麵糊。

「嫂！妳回來了。」她覺得很開心，立刻翻身坐起來。

嫂嫂和大哥結婚一年多，大哥離家去唸空軍學校，嫂嫂便和他們住在家裡，因為饑荒的緣故，嫂嫂回娘家暫住了兩、三個月。嫂嫂離開的時候，么鳳特別捨不得，因為嫂嫂總是在巧鳳欺負么鳳時，為她主持公道。嫂嫂是綁了小腳又放開的，半新半舊的女人，比大哥大四歲，一嫁到夫家，便操持家務，有了主婦的架式。

「瞧瞧！我不在成嗎？看你們鬧的，把頭都鬧破了！」嫂嫂帶著笑斥喝，但么鳳知道嫂嫂是心疼她的。

「嫂！妳怎麼回來啦？」么鳳一邊吃著玉米麵糊，一邊問。

嫂嫂環顧四周，低聲對她說：「娘叫我回來的，爹在魯山那兒，叫咱們去呢。再獃下去，肯定得餓死了。」

「有麵糊吃了，不會餓死啦。」

「這是妳大姐給送回來的，人家走了兩天才給咱們送點糧食來。」

「大姐也回來啦？」么鳳更開心了，自從大姐出嫁，她就沒見過了。頭上捱了這一下子，雖然很疼，但是嫂嫂回來了，大姐也回來了，么鳳覺得太值得了。

我對於親戚的認知，便是舅舅、舅媽一家人，媽媽還是個孩子時，成為舅舅的眷屬，跟著舅媽搭運輸機來到台灣的。十三歲那年，她離開了父母和家鄉，和幾百萬難民一起來到台灣。當時並不知道，與父母親永遠沒有團圓的日子了。十一年後，母親成為一位護士，嫁給乘著軍艦來到台灣的，我的父親，也是一個長年飽受饑餓與逃難之苦的人。

舅舅雖然是空軍，一輩子沒在天上飛過，當的是地勤，後來轉任氣象局。小時候，家裡總能吃到軍中分配的米糧，麵粉可以玩出的花樣最多了。麵粉加上水，就可以做成包子、饅頭、花捲、大餅、麵條、麵疙瘩，以及炸麻花。

高高架起的油鍋，舅媽和媽媽捲上袖子，將麵皮桿好，切開，拉長，摺疊卷曲成各種形狀，沾上芝麻，放進油鍋裡炸。一條條金黃酥脆的麻花直立著，堆疊著，象徵著豐衣足食的新年。

通常是放寒假的前一天，老師宣布了寒假作業，我心不在焉的收拾書包，趕回家去，參與麻花大會。鄰居媽媽們也都聚集在我家，拿著盤子等候出鍋的麻花，盛得滿滿的，帶回家給孩子吃。有些孩子迫不及待，和我站在一起，一人一根麻花，咯啦咯啦的吃起來。

舅媽和媽媽雖然站在油鍋旁大半天，卻仍精神飽滿，笑著招呼等待麻花的鄰居們。舅媽是綁過又放的半小腳，但我就沒聽她喊過累，一鍋又一鍋的麻花炸出來，分給大家吃了，她們依然很高興。

再也不必捱餓，再也沒有饑荒。

大姐和姐夫要走的那天，和娘在屋子裡低聲說了好久的話，么鳳就在院子裡跟小毛驢玩，已經好一陣子沒見過動物了，她覺得很新奇。姐夫取了些草料餵驢，驢子咀嚼的樣子很專注，逗得巧鳳和么鳳一陣笑。

「姐夫，你們那兒還有糧食嗎？」巧鳳問。

「外頭已經買不到糧食了，只剩下家裡的存糧。你姐姐說，她不吃糧食也沒關係，要送點糧食給你們吃。」

巧鳳和么鳳都不說話了。

「沒事兒。我還能餓著她嗎？」姐夫笑起來特別憨厚，他的大板牙挺白的。

雖然只有六歲，但是么鳳已經從大人們閒聊知道，姐姐和姐夫感情好，卻不得婆婆歡心。她聽見大姐的聲音，知道她即將離開了，於是轉身跑進廳裡。

大姐顯然已經哭過了，和娘一樣，雙眼紅紅的。對坐在椅上的奶奶說：

「奶奶！我要走啦。」

「走吧。」奶奶的鼻頭也紅了，向她揮揮手：「好好過。走吧！」

大姐走了兩步，停下來，無限依戀的望著她們，又說：

「奶奶！我走啦。」

奶奶只是揮揮手，沒有說話。

么鳳很想對大姐說：「別走吧！」但她沒有說出口，只是心裡酸酸的，眼淚滑下臉頰，她和巧鳳、惜鳳一直送到了村子口，看著姐夫牽著毛驢，喜鳳坐在驢背上，順著羊腸小徑，一路往前走，太陽曬在土地上，蒸騰出稀薄的水氣。

那是么鳳最後一次見到大姐，驢背上穿著花布衫，黑色長褲，梳著整齊髮髻的背影，彷彿要一直走，走到天涯的盡頭。

大姐離開三天後，么鳳和巧鳳去山裡撿柴火，回到家，就沒見到娘了。家裡的氣氛很詭異，有二大爺和其他的鄰居，和奶奶說著話，卻把他們這些孩子趕到院子裡去，不教聽。

巧鳳和么鳳為了點小事，爭吵起來，嫂嫂突然出現，捶了她們一人一下子：「還吵還吵！吃兩天飽飯就上房揭瓦了，不知好歹的東西，家裡出大事了，你們還只顧著吵！」

「出了啥事？」巧鳳問嫂嫂：「我娘哪兒去啦？」

嫂嫂沒理她，轉身往屋裡走，走了幾步又轉回，將她們倆推到牆邊：「娘叫日本人抓走啦！」這句話是咬著牙說的，還帶著忍抑住的哭聲。

么鳳驚呆了，連呼吸都忘記了。巧鳳也嚇傻了，順著牆根往下滑，噗一下子坐在地上。娘被日本人抓走了，么鳳覺得天都塌了。

娘被抓走是因為沒有繳稅，日本人在村子裡抓了七、八個戶長，只有么鳳的娘是女人。

二大爺他們幾個找了人為這些關在牢裡的奔走，頭一個放出來的就是么鳳的娘。

么鳳的娘保證，回家之後賣田賣地，三天以內就能把稅繳清。事實上她真的賣田賣地，為的卻不是繳稅，而是帶著全家老小大逃亡。

「妳賣了田賣了地，我也不走。」奶奶氣得用手杖戳地：「叫我死了之後怎麼見祖宗？養出這樣不肖的子孫。就算是餓死，祖產也不能賣。」

「等咱們回來，二大爺答應了，再賣給咱們。只要人都活著，平平安安的，咱們一定要回來的。」娘和嫂嫂輪流勸奶奶，奶奶就是不肯走。

「么鳳的頭被打破了，小命差點沒了！娘被日本人抓去，也是九死一生，惜鳳、巧鳳是小姑娘，我是年輕媳婦兒，咱們一家都是女人，每天擔驚受怕的過日子。還不如，還不如一人一條繩子，一起吊死吧。」嫂嫂冷靜而有決心的說出這樣的話，把么鳳她們三姐妹都嚇哭了。

奶奶沉默著，過了半晌，嘆了口氣：「咱們幾時走？」

么鳳覺得娘其實早就安排好了一切，包括她被日本兵打傷的那一天，娘出門去一整天；大姐喜鳳突然回來看她們，臨走時的依依不捨。娘接到爹來信的那一天，臉色沉沉的，不太說話，不知道想些什麼。平常看完信就放在抽屜裡，這一次卻隨身揣著這封信；平常會將信給她們姐妹讀，尤其看看么鳳能識得幾個字，這一次卻沒給她們看一眼。

娘在陽光地裡拆開一件衣裳，將一疊錢鈔縫進內裡，么鳳數著柴火，靠在娘腳邊問：「娘，咱們走了還回來嗎？」

「怎麼不回來？」

「幾時回來？」

「等到饑荒過了，日本人走了，就回來了。」

饑荒幾時能過？日本人幾時能走？么鳳還想問，看見娘皺著眉把縫線咬斷，她便放棄了，不想再給娘添煩惱。

她只是有點捨不得，捨不得後山上幾棵棗子樹；捨不得小溪裡曾經流動的潺潺水聲；捨不得二大爺家的穀倉，還有那樣美麗的，美麗的大仙。

走了之後，也許會再回來，但她不再是個小孩子，一切都不一樣了。

那天晚上，么鳳翻來覆去睡不著，她躺在黑暗裡溫習著家中的每一個轉角和走廊，怕自己會忘記。她想像著自己跨出門檻，走到溪邊，溪水滿滿的，湯湯流動著，溪邊的柳樹長著茂密的葉子，空氣裡有草葉的氣味，潤濕的、春天的味道。她將雙臂抬高、伸直，大口呼吸著，發覺自己已經成了一個大姑娘，長長烏黑的辮子垂在胸前，她長大了。

「該走了，么鳳。」有人對她說。

她轉頭，看見大仙姐姐，一點也沒有改變，就像是初次見面的樣子，亭亭地站在柔軟的春天草地上，對她微笑。

「可這是我的家，我要走到哪兒去？」

「走吧。快走吧。」大仙眼睛裡仍是那樣流麗的，璨璨波光。這一次卻有些不同，有些捨不得的憂傷。么鳳想走近一些，問她為什麼憂傷。

有人推她，拉她，叫喚她。把她從夢中拖起來，嫂嫂正幫她穿鞋，姐姐們忙著鎖窗鎖門，娘拍著她的臉對她說：「醒醒哎，么兒！咱們上路啦。」

天，是全然的漆黑，沒有月亮也沒有星星，適於逃亡的夜晚。

娘花了不少錢找到一個領路人，那人還帶著鄰村的幾家人，老老小小有三十幾口，翻山越嶺往黃河邊移動，渡過黃河才能到魯山去。因為日本人不准人逃走，只好趁著夜裡，無光的時候，安靜的移動。他們專挑小道走，不敢行大路，第二天黃昏時分，遇見了打劫的。

四個大男人，有的扛著槍，有的拿著大刀，從路邊草叢竄出來，大家慌成一團，哭的哭，喊的喊，娘一把摟過么鳳，附在耳邊對她說：

「么兒別怕！等會兒娘叫妳走妳就走，一直走別停下來，也別回頭看。知道嗎？」

么鳳點頭，她想起身上穿的這件衣服，衣服裡的錢鈔，打了個哆嗦。

領路人前去交涉，講了半天，回來對大家嘆氣：「好話都說盡了，沒用！大家自求多福吧。」

劫匪命他們排了兩列，在包袱行李裡搜出不少東西，有些也在貼身兜裡找到值錢的，一個抱在懷裡的嬰兒突然高聲哭泣，劫匪有些煩躁，叫抱著嬰孩的婦人先走，幾個比較幼小的孩子也放過去了。

嫂嫂和娘交換一個眼神，便拉著巧鳳低聲叮嚀幾句，巧鳳從後面撞了么鳳一下，又踩了她一腳。

么鳳直覺反應便推了巧鳳一下，巧鳳大聲嚷嚷：

「妳幹啥打我呀？」

「娘！三姐推我，她踩我呢，把我的鞋都踩上泥了。」

娘不由分說，給了她們一人一個嘴巴子。

「啥時候了還吵？你們這兩個冤家，都是閻王小鬼投胎的！非要逼死我啊！」一邊罵著，一邊還揚起手要打。嫂嫂拉住，一邊勸著一邊罵著，么鳳覺得冤枉，尖聲哭起來。

「妳給我滾！我不要妳了！」娘把么鳳推開。

特別高壯的，扛著大刀的劫匪，有點苦惱的踱著步子走過來：「別吵呀，你們這些小孩子。」

「這位大哥，讓這個小的先過去吧！她們天天鬧，鬧得我心煩。」

「行了行了，去吧。」劫匪大手一揮。

「走吧。么兒！」娘推了么鳳一把，她突然明白了。

回轉頭便看見巧鳳向她做鬼臉，這次的鬼臉很不一樣，么鳳不想走，不想一個人走，她想和家人一起走，但她知道自己必須離開。她用衣袖擦乾眼淚，一步一步離開家人，每一步都好沉重，好費力，不知道是因為衣服裡的錢，還是心裡捨不得。

只是一段短短的路程，么鳳覺得好孤單，娘交代了，不能回頭，她忍住沒有回頭。只要忍住不回頭，她知道，過不了多久，就可以和家人團聚了。

逃難到台灣來之後，媽媽才知道，這一段孤單的路程原來並不短，等待了將近四十年，才能和她的姐妹們重聚。在那片饑荒過了，日本人走了的黃土地上，痛哭祭拜著她的母親，我的外婆，終究沒能等到鍾愛的么女兒回來。

小時候有颱風的夜晚，停電了，我和弟弟便拿著電筒，用那一束光玩起媽媽的逃難遊戲。我們把枕頭被子堆疊起來，做出山嶺和深谷，剪出幾個紙娃娃，便開始隱藏和奔逃。

上山、下山，穿過深谷，我和弟弟的小紙人一下子就來到黃河邊了。

「哪有那麼快？我奶奶和媽是小腳，二姐牽著奶奶，三姐牽我媽，嫂嫂把毛巾圍在我胸前，拉著。夜裡走山路，有人不小心掉進山窪裡，我一摔跤嫂嫂就把我提起來，走著都能睡著了。走了幾天才到黃河邊上。」

「到黃河邊就能上船了？」

「我也以為是這樣。其實根本沒有船，我們在河灘上吃，河灘上睡，有時候睡醒了，一翻身就是糞便。」

「你們等了多久？」

「七天七夜。我記得很清楚，因為我媽和我嫂嫂天天數日子。」媽媽停了一下，笑著說：「我媽還說：『我兒子是空軍，趕明兒他開著飛機來接我們哪！』明明知道不可能，但她這麼一說，我們就覺得開心了。」

么鳳在船笛聲中醒來，這一天河上有霧，因此，雖然聽見了笛聲，卻看不見船，灘上等待的人們都有些恍惚，大家緩緩聚攏，而後有人高呼：「船來了！」

像放響了一串爆仗那樣的，河灘上沸騰起來。么鳳立刻穿起她的鞋，跑到娘的身邊。她沒見過這麼大的船，有些怕，還有更多興奮。他們隨著人潮往前進，爭先恐後要上船。幾個拿著長竹竿的人，穿著藏青色制服，站成一排，吆喝著：「只渡商人，不渡難民！」

有幾個商人模樣的上了船，上不了船的更急了，不管那些落在身上的長竿打得有多疼，沒命的往前擠。

娘避開人群，對站在灘上的穿制服男人說：

「這位兄弟！我們不是難民，我要帶孩子去魯山找她爹，她爹可是做生意的，是商人。讓咱們上船吧！我有錢，我能付錢。」

男人戴著頂小帽，文風不動的抬眼打量娘，再越過娘看見站在灘上的一家子。從鼻子裡哼了一聲：

「瞧你們這個樣兒，不是難民是啥？」

娘用手摩挲著衣裳，微微顫抖著，一句話也說不出來。

么鳳離娘最近，她有點懊惱自己的臉沒洗乾淨，頭髮糾結在一起，還有她的衣服，自從撕開把裡面的錢取出來之後，就沒縫回去，裂著一個口子，必然是很難看的。娘常跟她們說，衣裳鞋襪要穿得乾淨整齊，才不會讓人瞧不起。是不是因為她太髒了，所以讓人瞧不起？

「你說有船的，船呢？船呢？」船走之後，娘去找領路的理論。

「今天還有船來的，妳等等，再等等！」領路的抽著水菸回答。

午後又來了條船，比早上的小多了，領路的喊大家上船，娘催促嫂嫂和姐姐們：「妳們快走！帶著行李上船去。」

她們跟著人群往前擠，入口處數數兒的嚷一聲：「到數了！收閘！」匡一聲，閘門落下來，巧鳳對身後的么鳳說：「上不去了。」

這一條船，只上了嫂嫂和二姐。

「總算走了兩個人。」娘喃喃的念著：「下一次咱們肯定能上得了。」

「啥時還有船來呀？」娘又去問領路的。

「這可說不準，你們剛剛怎麼不上船呀？真是說不準了。」

她們重回河灘上，奶奶突然哭起來，七十幾歲的老人，滿頭白髮，坐在地上哭得像個孩子：「咱們回家去吧！上不了船，還是回家去吧。」

「娘啊！咱們回不去了。」娘跪坐在奶奶面前，哽咽著：「好不容易走到這裡，怎麼，怎麼能回去呢？家裡啥都沒有，回去只有等死。咱們只能往前走，往前走才能有點希望呀，娘！」

么鳳想抬起手來擦眼淚，才發現自己的手被巧鳳緊緊握著。

在她的記憶裡，巧鳳從來沒有這樣緊緊握住她的手，彷彿稍一鬆開，她就會消失不見了。

就在那天黃昏，媽媽她們四個人擠上了下一班船，到魯山全家團圓了。

七年之後，媽媽離開故鄉，與舅舅、舅媽一起來到台灣，再度成為難民。

但她總記得外婆說的，往前走才能有點希望，也總是堅持著乾淨整齊，不要讓人瞧不起。

二十年前，舅舅、舅媽跟著兒子遷徙到美國洛杉磯去了，這一回，他們不是難民，是移民。

二〇一二年底，九十歲的舅舅過世；二〇一三年二月底，九十四歲的舅媽也回到了天國。

我很願意再聽媽媽說她六歲的大饑荒，或是在黃河邊上等船，那望眼欲穿的七天七夜。我很希望自己能在穀倉裡對她微笑，能遞給她一塊香甜的桂花糕，能在河邊陪她不確定的等待，那條從霧裡航行而來，叫做回憶的船。

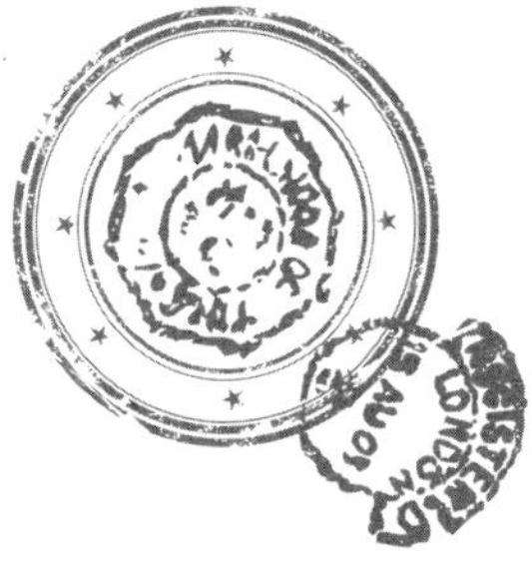

剛剛好

*張曼娟散文精選

我的世界有點小，卻是剛剛好。
剛剛好，遇見最美好！
二十八篇精選散文，不遲也不早，不多也不少。

相逢只一笑，明日又天涯。
我從許多微笑的眼睛中，看見了珍惜的光芒。
於是我有了這樣的念頭，要為自己編一本散文精選集，
記錄不同年齡的自己，看見的世界，感受到的人生。
這是為一直以來與我相伴的讀者們編選的，
也是為可能有緣相遇的新讀者編選的。
這真是一件奇妙的事，
我的世界這樣小，卻是剛剛好，
剛剛好，遇見最美好。

煙花渡口

＊張曼娟小說精選

給青春一個故事，給我們無可取代的溫柔力量！
十四篇小說，二十六個春秋，
我的小說精選集，紀念著無比永恆的青春年華。

重讀著這些喜悅或悲傷的故事，那些遠去的時光便重現在我眼前，
每一個故事都與我的生命緊緊相扣，而我始終是站在渡口的那個人。
有時意興昂揚，有時茫然失據，
或許一直堅持著擺渡的心願，卻被許多人與許多故事擺渡，
渡過一個又一個，生命裡的險灘與深潭。
有些人成為我的摯友，有些人成為我的夥伴，有些人根本素昧平生。
他們的微笑與支持；他們的體貼與情愛；他們的激勵與提攜，
就像在黑夜的渡口，施放一束又一束璀璨的煙花。

那些美好時光

人生如此暴烈又如此甜蜜，如此孤獨又如此友善，
正因爲這樣，每分每秒都顯得獨特。

哀愁是一件必要的事，
因為哀愁，我們了解人世的無常，於是對獲得的幸福感到倍加珍惜。
孤單像一帖藥，
在孤單中，我們明白了軟弱和空虛，於是鍛鍊自己更堅強。
不管愛人或被愛，都免不了要承受痛苦，
因為愛情中的痛苦和歡愉總是併肩而行。
但是不管曾經流多少淚，愛都讓我們成為更好的人。
讓我們穿過風越過雨，在時而孤獨時而歡愉的旅途中，
仍張望著晶亮的眼眸，收集人生中一段段美好時光！

國家圖書館出版品預行編目資料

時間的旅人 / 張曼娟著.--初版.--臺北市：皇冠文化. 2014〔民103〕
面；公分（皇冠叢書；第4384種）
（張曼娟作品；24）
ISBN 978-957-33-3067-7　（平裝）

855　103004744

皇冠叢書第4384種
張曼娟作品 24
時間的旅人

作　者—張曼娟
發 行 人—平雲
出版發行—皇冠文化出版有限公司
台北市敦化北路120巷50號
電話◎02-27168888
郵撥帳號◎15261516號
皇冠出版社(香港)有限公司
香港銅鑼灣道180號百樂商業中心
19字樓1903室
電話◎2529-1778　傳真◎2527-0904
責任編輯—許婷婷
美術設計—王瓊瑤
著作完成日期—2014年1月
初版一刷日期—2014年4月
初版十三刷日期—2021年2月
法律顧問—王惠光律師

讀者服務傳真專線◎02-27150507
電腦編號◎012024
ISBN◎978-957-33-3067-7
Printed in Taiwan
本書定價◎新台幣320元/港幣107元